행복하세요.
아프지 말고
2023 가을. 장정원 드림

사장돚마트

.

장정원 대본집

사장돌마트 vol 2.

two
Rabbits

작가의 말

만약, 잊혀졌던 아이돌이 갑자기
사고 현장의 의인으로 TV 뉴스에 나온다면?
그를 보며 많은 궁금증이 들 것 같았습니다.
대체 그는 왜 사고 현장에 있었던 것일까?
지난 몇 년간 무엇을 하며 살고 있었을까?
아이돌의 꿈은 접은 것일까?

이러한 사소한 호기심에 상상력이 발동되어
'전직 아이돌 그룹의 마트 사장 도전기'가 담긴
「사장돌마트」가 탄생했습니다.

아이돌 그룹 '썬더보이즈'는 10대 시절 만나
하나의 꿈을 향해 달렸습니다.
그러나 불의의 사고로 꿈이 좌절되고
그들은 각자의 현실 속으로 뿔뿔이 흩어져 버립니다.
꿈이 전부이던 10대를 지나, 서른을 바라보는 길목에서
다시 만났을 때, 그들에게 현재 중요한 것이 무엇이냐고 묻는다면
어떤 대답이 돌아올까요?

그 답이 돈이어도 좋고, 사랑이어도 좋고,

행복이면 더 좋겠다고 생각했습니다.

그러한 바람을 「사장돌마트」 구석구석에 담아보았습니다.

거창한 꿈을 꾸지 않아도 살 만한 인생이라는 것을,

현실 속 수많은 썬더보이즈에게 보여주고 싶었습니다.

처음 대본집을 제안받고 많은 고민을 했습니다.

「사장돌마트」는 수많은 스태프들의 열정이 모여 만들어낸 작품인데,

그분들의 노고를 걷어내고 대본집을 공개한다는 것이

마치 화장기를 걷어낸 민낯을 내보이는 건 아닌지 망설여졌습니다.

그러나 드라마를 영상으로 만나는 것과 글로 만나는 것은

또 다른 영역의 재미가 될 것이라 생각하고 용기를 내었습니다.

부족한 초보 드라마 작가의 글을 함께 고민해 주었던

고유경 팀장님, 박상은 피디님, 그리고 이유연 감독님.

모든 시작점에서 저에게 가장 큰 힘이 되어 주시는 오환민 대표님.

그 외 「사장돌마트」의 영업을 위해 노력해 주신 모든 스태프 분들에게

감사의 말씀을 드립니다.

「사장돌마트」에 잠깐이라도 들러주신 모든 분들에게

마지막화의 부제로 감사의 말을 대신합니다.

각자 어느 계절을 지나고 있든,

행복했으면 좋겠습니다. 아프지 말고.

contents

꿈이냐, 현실이냐. 모든 20, 30대 청춘들의 갈림길

10대 시절엔, 꿈이 세상의 전부였다.

꿈은 컸고, 열정은 뜨거웠다.

세상의 주인공이 되기 위해 모든 것을 걸었다.

20대가 되었을 때, 비로소 찐 현실을 마주했다.

세상은 꿈의 스테이지가 아니라, 정글이라는 사실을.

온몸으로 부딪혀 마음의 생채기가 생기고 나서야 깨달았다.

신비주의가 걷힌 나의 20대엔 일도, 돈도, 사랑도 없다.

한때 아이돌이었던 청년들.

화려한 조명 아래서의 삶을 꿈꾸었지만,

스포트라이트란 소수의 사람을 비추는 것.

그저 주변부에서 그림자로 살다 무대를 내려와야 했던

아이돌 그룹 '썬더보이즈'

오직 하나의 목표만을 향해 전력질주했으나,

갑작스러운 그날의 사고는 그들의 레이스를 강제 종료시켰다.

그로부터 5년이 흘렀다.

(어느날 그들 명의의 마트가 나타났다!)

10년 전의 추억이 서린 경기도 외곽의 낡은 보람마트.

운명은 그들을 다시 이곳으로 모이게 했다.

그때는 아이돌이었고… 지금은 '사장돌'이다!

그곳에서 다섯 명의 사장돌은

마음속 트라우마를 극복하고

청춘의 열정을 되찾을 수 있을까?

보람마트

#10년 전

아이돌 그룹 썬더보이즈의 연습실은 경기도 외곽에 있었다.

"우리도 강남에서 연습해요~ 왜 이딴 시골에서 연습해요?"

"싸잖아."

그랬다. 1위 하면 강남 연습실 보내준다 했다.

'1위 해서 강남 가자' 연습생 시절 구호가 됐다.

연습실 건물 바로 옆엔 보람마트가 있었다.

암울했던 연습생 시절.

보람마트에 가는 게 멤버들에겐 가장 행복한 시간이었다.

#현재

추억에 젖어 보람마트를 찾아간 멤버, 호랑.

이제는 낡고 허름한 모습을 마주한다.

불 꺼진 보람마트. 뭔가 가슴 한편이 시리다. 서글프다.

마치 지금의 자신을 보는 듯하다.

그런데 가까이 다가가보니, 마트에서 연기가 새어 나오고 있었다.

최호랑, 아이돌 은퇴 후 세상의 문을 닫고 조용히 살아왔는데…

이런 식으로 5년 만에 방송 출연을 하게 될 줄은 몰랐다.

그는 마트 화재의 목격자이자,

불길로 뛰어든 용감한 시민으로 뉴스에 얼굴이 나가게 된다.

이 화면을 같은 멤버였던 신태호가 보게 되고,

5년 만에 썬더보이즈 멤버들은 보람마트에서 재회한다.

#마트 영업 개시!

얼떨결에 보람마트를 인수하게 된 썬더보이즈 다섯 멤버.

모두 급전이 필요한 상황에서 마트를 빨리 처분하고 목돈을 챙기고

싶은데 마트를 인수하겠다는 사람이 쉽게 나타나지 않는다.

아쉬운 김에 마트 물건이라도 헐값에 팔아

현금을 챙겨야겠다고 생각했다.

그리하여 동네 역사상 가장 큰 대박 할인이 펼쳐진다.

폭탄 세일로 현금의 달콤한 맛을 경험해 본 멤버들.

마트, 별거 아니네? 이참에 장사, 해 봐?

마침내 본격적인 마트 영업에 돌입한다.

보컬, 댄스, 랩 각자의 포지션이 있었던 것처럼

정육, 수산, 청과, 음료, 캐셔로 나눴다.

다시 인생의 레이스가 시작됐다.

첫 레이스는 아이돌, 이번 레이스는 마트 사장이다!

10대 때보다 다소 소박해진 꿈이지만,

그들은 다섯의 힘으로 마트의 문을 힘차게 열어젖힌다.

등장인물

썬더보이즈 리더 최호랑 _{남, 29세}

포지션 : 구 댄서 현 청과

"책임지고 싶어요.

두 번의 실패는 없도록.

그래서 우리 마트가

잘 돼야 해요."

열일곱 살에 아이돌 연습생을 시작했다. 노력성실 개미파로 책임감이 강하고 승부욕도 강해 썬더보이즈의 리더가 되었다. 3년의 기다림이 지나고, 마침내 데뷔를 했을 때 드디어 꿈을 이룬 것만 같았다. 그러나 데뷔 무대를 치르고도 썬더보이즈는 무명그룹이었다. 마침내 데뷔 5년 만에 1위 후보에 올랐지만 바로 그날, 호랑은 아이돌 생활을 마감하게 되었다.

호랑의 인생에서, 세상의 중심이 '나'였던 적은 없었다. 누군가를 위해, 팀을 위해, 맨 앞에서 힘을 냈고 모든 책임을 스스로 짊어지려 했다. 그랬기에 그룹이 해체된 후, 리더였던 호랑은 유독 죄책감에 시달렸다. 이후로, 실패와 상실감이 두려워서 무모한 도전을 시작하지 않았다.

5년이 흐르고, 다시 썬더보이즈 멤버들이 모였다. 보람마트에서 장사를 해보자는 멤버들의 제안에 호랑만이 반대를 했다. 망설여졌다. 겁이 났다. 또 실패를 할까 봐. 또 친구들의 마음에 상처가 생길까 봐. 5년 동안 잘 살고 있었다고 생각했는데, '그 사건' 이후 호랑은 세상 밖으로 한 발도 내딛지 못한 채 스물다섯에 머물러 있었던 것이다.

아이돌에서, 마트 사장으로. 호랑은 친구들의 손을 잡고 '미친 짓'을 해보기로 한다. 옛 상처를 당당히 마주하고, 우렁차게 세상을 향해 포효한다.

"우르르 쾅쾅, 우리는 썬더보이즈"

썬더보이즈 신태호 남, 29세

포지션 : 구 댄서 현 캐셔

"난 성공보다,

서른이 되기 전에

좀 행복해지고 싶어."

TAEHO THUNDER BOYS TAEHO THUNDER BOYS

부잣집 늦둥이 아들로 부족한 것 없이 커서 철이 없고 눈치도 없다. 태권도 국가대표 출신인 아버지의 영향으로 어렸을 때부터 태권도를 했지만, 사실 아버지가 무서워서 했을 뿐, 태권도 선수가 꿈은 아니었다. 그러던 중 기획사에서 제안을 받고 아이돌 생활을 시작했다. 열 살 많은 누나는, 게으르고 힘든 일 싫어하는 태호가 연습생 생활을 버티지 못할 것이라고 생각했지만 태호는 즐거웠다. 단지 춤과 노래가 좋아서가 아니었다.

태호는 어린 나이에 엄마를 잃었고, 아빠와 누나는 운동하느라 늘 바빴으며 태권도 선수들끼리는 서로가 경쟁 상대였다. 태호는, 사람의 정이 그리웠다. 그런데 연습생 생활은 그의 외로웠던 인생을 바꿔놓았다. 숙소에서 멤버들과 생활하는 것이 즐거웠고, 그들과 함께 아이돌이라는 같은 꿈을 꿀 수 있어서 행복했다. 호랑은 '1위'에 집착했지만, 태호는 성적에 연연하지 않았다. 그렇게 아이돌로 살았던 시간이 하루아침에 멈춰버렸다. 그룹은 해체되었고, 친구들은 뿔뿔이 흩어졌다. 태호는 혼자가 되었다.

술만 마시면 자기도 모르게 보람마트를 찾아갔다. 그로 인해 경찰서에서 호랑을 다시 만났다. 툴툴댔지만 내심 반가웠다. 어쩌다 시작하게 된 마트 일은 어렵고 낯설었지만, 그곳에서 태호는 오랜만에 사람의 온기를 느낀다. '사장님'이라는 세 글자가 태호를 조금씩 바꾸어 놓기 시작한다.

썬더보이즈 조이준 남, 29세

포지션 : 구 래퍼 현 수산

"난 흑역사 없는데~

온통 컬러 역사야 난."

강력한 관종 DNA의 소유자로서 외모 꾸미기와 패션에 관심이 많다. 잘생긴 외모에 대한 자부심 하나로 아이돌 기획사에 들어갔으나, 막상 들어가보니 자신은 춤, 노래, 랩. 어느 하나 잘 하는 게 없는 멤버였다(라고 본인은 생각했다). 그러나 겉으로 불안한 모습을 보이는 건 자존심이 허락지 않았다. 멤버들 모두가 잠든 밤에, 이준은 연습실에서 몰래 춤 연습을 했다. 마침내 3년 만에 데뷔를 하게 되었으나 이준이 자신의 끼를 모두 발산해 보이기도 전에 썬더보이즈 활동은 눈이 오던 어느 날, 끝이 나 버렸다.

아이돌을 그만두고 패션 유튜버 쭈니 J로 새출발했다. 한 달 내로 실버 버튼 각이다! 자신만만했지만 세상은 쭈니 J에게 관심이 없었다. 그동안 모아놓은 돈을 주식에 올인했으나 연달아 하한가를 맞고 있었고, 쭈니 J를 빛내줄 최고급 카메라와 마이크, 조명 장치까지 할부로 구입했는데 카드값낼 돈이 없었다. 이 와중에 FW 신상들은 이준을 유혹했다.

그리하여 돈도 벌고, 사장 브이로그도 찍어 보자는 욕심으로 시작했던 보람마트 장사. 그곳에서 오랜만에 사람들의 환호성을 들었다. 목말라 있던 칭찬도 들었다. 급기야 친구들을 위해 가장 까다롭고 고생스러운 생선 코너를자처했다! 아이돌 시절엔 멤버들 몰래 춤 연습을 했었다. 사장이 된 지금은, 멤버들 몰래 고등어 소금 간 연습을 하고 있다.

썬더보이즈 은영민 남, 29세

포지션 : 구 보컬 현 정육

"꽃등심, 살치살,

갈빗살, 토마 호크~

너의 모든 고기는

내가 책임질겨!"

지금으로부터 12년 전, 그의 나이 열일곱에 「전국 노래 자랑」에 출연해 '소를 모는 소몰이 창법 소년'으로 우수상을 받은 후, 아이돌 제안을 받고 상경했다. 「전국 노래 자랑」에서처럼 노래만 잘 부르면 아이돌이 되는 줄 알았는데, 잘해야 하는 건 노래만이 아니었다. 댄스, 다이어트, 거기에 서울말까지~ 이 모든 걸 해내야 최고의 아이돌이 된다고 했다. 영민은 노력하고 버텼다. 그리하여 5년 만에 1위 후보에 올랐으나, 그로부터 며칠 뒤 영민은 시골로 내려가 돌아오지 않았다. 아이돌 생활을 그만둔 뒤, 도시와의 인연을 단절한 채 살았다. 그랬던 영민을 5년 만에 시골 밖으로 끌어낸 건 보람마트였다.

멤버들은 첫눈에 그를 알아보지 못했다. 농번기 TPO에 어울리는 패션으로 아저씨가 되어 나타난 것이다. 그래도 역시 영민은 빛영민! 갓영민!이었다. 마트에서 가장 힘든 정육을 맡았고 그 어디에서도 구할 수 없는 질 좋은 고기를 고향으로부터 가져왔다. 예전이나 지금이나 영민이는 변함없이 성실하고 든든한 멤버였다.

그에게는 연습생 시절, 좋아했던 여자친구가 있었다. 그룹이 해제된 후, 영민은 데뷔를 앞둔 여자친구를 위해 시골로 꼭꼭 숨어버렸다. 5년 만에, 운명적으로 그녀를 다시 만났다. 영민은, 마트에서 고기를 써는 사람이 되어 있었고, 그녀는 최고의 걸그룹 멤버가 되어 있었다.
뜻하지 않은 재회를 맞닥뜨린 그 순간… 영민은 다시 숨어버린다.

썬더보이즈 윤상우 _{남, 25세}

포지션 : 구 보컬 현 음료

"항상 책임지려고 하지 마요.

숨어도 되고 쉬어도 돼요."

SANGWOO THUNDER BOYS SANGWOO THUNDER BOYS

썬더보이즈의 막내로서 귀여운 외모와 사랑스러운 미소, 애교 많은 성격으로 많은 인기를 누렸다. 그러나 아이돌 은퇴 후, 상우는 뭔가 달라졌다. 형들보다 더 형 같은 막내. 상우의 가슴속엔 누구도 알지 못하는 트라우마가 있다.

상우는 열네 살에 가족과 떨어져 아이돌 연습생으로 숙소 생활을 시작했다. 연습이 힘들어 울고 있으면 형들은 상우를 숙소 옆 보람마트로 데려갔다. 그곳에서 닭가슴살이 아닌, 영혼의 단백질이 되는 간식들을 사주었다. 보람마트에서의 모든 추억들이 행복이었다.

그룹이 해체되고, 상우는 혼자 인도네시아 발리로 떠났다. 아무 계획없이 현지에서 아르바이트를 하며 살았다. 아이돌이었다는 과거를 지우고 싶었다. 가끔 가사를 쓰고, 기타로 멜로디도 만들어 보았지만, 노래할 용기는 나지 않았다.

호랑의 연락을 받고 5년 만에 한국행 비행기를 탔다. 돌고 돌아서 다시 보람마트 앞에 선 순간, 상우는 깨달았다. 자신이 얼마나 형들과의 추억을 그리워했는지를, 지난날의 꿈을 얼마나 사랑했는지를.

다시 만난 형들이 상우에게 물었다. 왜 말도 없이 발리로 떠난 거냐고.
"발리엔… 눈이 안 온다 그래서요."

과거를 마음껏 추억하고 싶지만, 다시 노래하는 꿈을 꾸고 싶지만 5년 전, 눈이 많이 왔던 그 날의 사고는 여전히 멤버들의 발걸음을 붙잡는다.

비선실세 알바생 오예림 (여, 25세)

"하루를 일해도,

마음이 가고

진심으로 일하고 싶은 데서

일하려고요."

보람마트가 있는 동네에서 태어나 지금까지 살고 있는 토박이다. 오지랖 넓고 야무진 성격으로 고등학교 때부터 용돈을 받아 써본 적이 없다. 용돈이 필요할 때마다 보람마트에서 알바를 해왔다. 예림에게 보람마트는 용돈 충전소였고, 그리운 엄마와의 추억이 담긴 곳이었다.

예림의 엄마는 그녀가 중학생이 됐을 무렵 병으로 돌아가셨다. 아빠가 지방 소도시에 새로운 일자리를 구해 내려가신 후, 세 식구가 살던 집엔 예림이 혼자만 남았다. 혼자 남은 이 집, 이 동네를 떠나고 싶었다.

그런데, 취업이 만만치가 않다. 열아홉 번 떨어지고 스무 번째로 도전한 회사 면접장에서 예림은 자리를 박차고 나왔다. 자신을 인정해주지 않는 회사, 가슴이 뛰지 않는 일. 취업에 회의가 밀려왔다.

그 길로 보람마트에 가서 n번째 알바를 시작했다. 이번엔 단순히 용돈벌이를 위해서가 아니다. 희한한 조합으로 모인, 정체를 알 수 없는 다섯 명의 사장들로부터 처음으로 장사의 진정성을 느꼈고, 그들과 함께 일해보고 싶어졌기 때문이다. 다섯 사장과 보람마트에서 함께 일하면서, 예림은 7년의 알바 기간보다 더 큰 경험들을 쌓아나가고 성장해 간다.

썬더보이즈 故송현이 —— 남, 5년 전 21세

스물한 살에 멈춰 있는, 썬더보이즈의 마지막 멤버.

5년 전, 눈 내리던 12월 25일. 현이를 제외한 나머지 멤버들은 강원도에서 촬영을 마치고 급히 서울을 향해 달렸다. 그날은 썬더보이즈가 데뷔 후 처음으로 1위 후보에 올랐던 날이기 때문이다. 방송국에 도착하고 나서야 멤버들은 현이가 도착하지 않았다는 사실을 깨닫는다. 무대 위에서 멤버들이 1위 발표를 기다리는 그 순간, 보고 있던 모니터에 속보 자막이 뜬다. 현이의 사고 소식이었다. 그렇게 흰 눈이 펑펑 내렸던 그해 성탄절에 현이는 멤버들 곁을 떠났다. 썬더보이즈는 다시 무대에 오르지 못하고 해체했다. 현이 죽음에 대한 죄책감은 여전히 멤버들의 삶을 짓누르고 있다.

마트 빌런 이지욱 —— 남, 31세

밤이 되면 섬뜩한 가면을 쓰고 마트를 찾아오는 남자. 그저 수상한 행적만 보이고 가던 그가, 어느 날 가면을 벗고 사장들 앞에 나타나 마트를 위기에 빠뜨린다. 소름 끼치는 눈빛과 말투, 계략으로 그는 사장들을 벼랑 끝으로 내몬다.

마침내 그의 정체를 알게 된 사장들은 모두 경악한다.

전 소속사 사장 윤민수 —— 남, 40대 중반

썬더보이즈의 소속사 사장이었으며, 지금은 트로트 가수 고사리의 매니저로 일하고 있다. 잡초 같은 근성으로 지금껏 버텨왔다. 멤버들 명의의 보람마트를 동생과 함께 몰래 운영해 오고 있었다. 5년 만에 순순히 마트를 넘겨주긴 했으나 그 속내는 따로 있었다.

걸그룹 아이돌 김지나 —— 여, 27세

5년 전, 풋풋했던 첫사랑의 기억은, 영민의 갑작스러운 잠수로 흑역사가 돼버렸다.

모두에게 사랑받는 걸그룹이 되었지만, 지나는 단 하루도 영민을 잊은 적이 없었다. 그런데 아이스크림을 사러 간 마트에 그가 있었다! 아저씨처럼 위장(?) 했어도 보석 같은 영민의 눈빛은 단번에 알아볼 수 있었다. 밀당이고 뭐고, 지나는 영민에게 직진한다.

그 외 동네 단골 손님들

빼빼 할머니 이복순 —— 여, 80대 초반

정찰제, 가격표는 가볍게 무시. 장 본 금액을 사정없이 후려치는 데 귀재인 할머니다. 가격은 깎고 포인트는 당당히 요구하는 할머니의 카리스마에 당할 직원이 없다.

단, 태호만은 예외. 1원도 DC를 허용하지 않는 냉혹한 캐셔 태호와 사탕한 봉지를 사도 제값 주고 사지 않는 할머니. 두 사람은 한 치도 물러서지 않고 매일 카운터에서 가격 배틀을 벌인다.

진성마트 사장 김진성 —— 남, 50대

큰 길 건너 번화가에 위치한 경쟁 마트의 사장. 욕심이 많고 다혈질이다. 보람마트를 탐문하러 자주 온다. 사장들과 각을 세우고 있는 관계이며 이준의 패션 조언에 역정을 내면서도 사장들의 작업복 스타일대로 따라 입기 시작한다.

김도윤 —— 남, 10세

매일 저녁거리로 라면을 사 가는 애어른 소년. 똑똑하고 자존심이 세다. 사장들의 따뜻한 마음씨에 조금씩 아이다운 미소를 찾아간다.

용어정리

[S#] Scene(씬)　　같은 장소, 같은 시간 내에서 이루어지는 일련의 행동이나 대사가 한 씬을 구성한다.

[E] Effect(효과)　　대사와 음악을 제외한 효과음을 뜻하며, 보통 등장인물은 보이지 않고 소리만 나는 경우에 사용한다.

[F] Filter(필터)　　전화기 너머의 목소리나 마음속으로 하는 이야기들을 표현할 때 사용된다.

[OL] overlap(오버랩)　　앞 화면에 뒷 화면이 겹쳐지며 장면이 바뀌는 기법. 또는 한 사람의 대사가 끝나기 전에 다른 사람의 대사가 맞물릴 때 쓰인다.

[NA] Narration(내레이션)　　장면에 나타나지 않으면서 장면의 진행에 따라 그 내용이나 줄거리를 장외에서 해설하는 일, 또는 그런 해설을 말한다.

[cut to]　　하나의 장면에서 다음 장면으로 넘어갈 때 사용한다.

[INS] Insert(인서트)　　화면과 화면 사이에 끼워 넣는 삽입 화면을 말한다.

플래시백　　회상을 나타내는 장면. 지금 일어나고 있는 사건의 인과를 설명할 때 쓰이기도 하고, 인물의 성격을 설명하기 위해 쓰이기도 한다. 특히 이 책에서는 이전에 화면으로 나왔던 씬을 그대로 불러오는 것을 지칭한다.

스토리 해시태그로 보는
#명대사 코멘터리

#5년만에_TV출연기회 #5년동안_털어놓지못했던_상처

Episode 6 - S#32

호랑 TV 출연, 할 수 없습니다…

죄송하지만, 이렇게 거절하는 것조차

죄송한 마음이 안 듭니다.

⚡ 간혹 사람이 참 잔인하다는 생각을 할 때가 있습니다. '시간이 많이 흘렀잖아… 남들이 궁금해하잖아… 어쨌든 너희에게 도움되는 일이잖아…' 이러한 말들로 슬픔을 희석시키려는 것. 당사자들에겐 참으로 잔인합니다. 그렇게 얘기하는 어른들을 호랑이는 참지 않을 것이라고 생각했습니다. 호랑이의 즉각적이고도 단호한 태도가 속 시원했으면 했습니다. 그런데 곱씹어 볼수록 마음이 아팠습니다. 친구를 잃은 슬픔의 깊이가 얼마나 깊을까 가능하기 힘들었습니다.

Episode 7 - S#18

영민 천하의 김지나가 뭐가 부족해서 나 같은 놈을 쫓아다녀.

너는 화려하고… 나는 초라해… 우린 안 어울려.

지나 난 겉만 화려해, 속은 초라해. 근데 넌 반대야.

내 초라한 마음까지 아껴주는 사람은 너밖에 없어.

⚡   영민과 지나는 '레트로 감성'의 연애를 보여주는 커플입니다. 전·현직 아이돌 멤버가 서로 연인이라면 어떨까 생각을 했고, 가장 연애와 동떨어져 보이는 영민이가 떠올랐습니다. 우직한 순정남 영민이라면 '사랑한다'는 말이 들어가지 않아도, 진심이 담긴 사랑 고백을 할 수 있지 않을까 생각했고, 그런 영민을 좋아하는 지나라면 역시 같은 방법으로 화답하지 않았을까 생각했습니다.

#보람마트_강탈위기 ────────────────────

Episode 9 - S#16

태호   우리, 마트 포기하자.

          거지처럼 쫓겨날 바엔 돈 받고 나가자고~.

호랑   이런 돈 받는 게, 거지 같은 거야.

⚡   극 초반에 태호가 '장사하자', 호랑이 '마트 팔자' 했던 대립 구도가 반대로 바뀌어 버린 상황의 대사입니다. 마트의 위기, 태호의 딜레마, 호랑의 책임감이 담기길 바랐습니다.

Episode 7 - S#4

예림   현이라는 분은 누구예요…?

상우   있어요. 나보다 한 살 많은… 스물한 살 우리 형….

⚡   이 세상에 없는 현이를 단 한 문장으로 소개해야 했습니다. 덤덤하게, 툭 한마디, 상우가 말해야 한다. 그것만 머릿속에 넣어놓고 고심한 끝에 '스물한 살에 머물러 있는 현이'가 떠올랐습니다. 대사로 써놓고 괜히 울컥했던 기억이 납니다.

Episode 8 - S#28

호랑   5년 전, 사고로 현이를 잃었던 그 날 이후,

            우리는 뭔가 고장이 났다.

            열심히 앞을 향해 달렸다고 생각해도…

            어느 순간 우리는…

            다시 5년 전의 그날로 돌아와 있다.

            잠을 깨도 깨지 않는 악몽처럼…

⚡   「사장돌마트」에는 딱 두 번의 나레이션이 나옵니다. 호랑이 마트장사를 결심하는 부분, 그리고 5년 전 사고를 회상하는 이 부분입니다. 8화 엔딩을 일찍부터 구상해놓고, 이동 중에도 나레이션 글귀를 계속해서 고민했습니다. 그러다 집으로 가는 길에 한 문장이 떠올라, 핸드폰 메모장에 옮겨 적었습니다. '뭔가 고장이 났다.'

현이를 잃고 난 후, 멤버들의 상태를 '고장이 났다'라고 말하고 싶었습니다. '고장'은 종결이 아니라 치유의 가능성이 있는 말이라 생각했습니다. 비를 맞아 잠시 '고장'이 난 양철 나무꾼처럼, 햇살이 비치고 기름칠을 하면 다시 앞으로 나아갈 수 있을 것이기 때문입니다.

#굿바이_보람마트 #썬더보이즈는_계속된다 ─────────────

Episode 10 - S#20

복순   여기 오는 게 하루 낙이었는데. 그동안 고마웠어. 사장님~.

태호   제가 더 고마웠습니다. 이복순 손님….

⚡   태호와 복순 할머니의 케미는 주인공들의 관계만큼 애정을 쏟았던 부분입니다. 두 사람 간의 관계에서 웃음과 감동, 여운이 느껴지길 바랐습니다. 서로에게 고마워하면서 이별하는 장면, 따뜻했고 좋았습니다.

Episode 10 - S#29

상우   현이 형이 다 같이 여행 가고 싶어 했었는데.

        우리 여행 갈까요?

형들   아 좋지~~.

영민   …근데 돈 있냐?

이준   춥다. 가자.

태호   서른이 돼서 그런가? 왜 이렇게 등골이 시려.

호랑   일이 없어서 그래.

⚡   진지하다가도, 의식의 흐름대로 가버리는 멤버들의 모습 그대로 엔딩을 장식하고 싶었습니다. 「사장돌마트」 시작부터 이미 정해 놓은 엔딩이었습니다. 해피엔딩, 새드엔딩이 아닌 현실 엔딩. 그럼에도 다섯 사장의 여운이 진하게 남아, 드라마가 다 끝이 나면 그들이 티격태격했던 모습이 그리워지면 좋겠습니다.

Episode
6

예림집안,밤

뛰어 들어간 태호 앞에 나타난 호랑과 예림. 예림은 얼굴 가득 눈물, 콧물투성이다.

뜻밖의 투 샷에 태호는 할 말을 잊고, 태호를 보며 당황해 하는 호랑과 예림.

태호   둘… 둘이 여기서 뭐해? 왜 같이 있어?!!

호랑   (덤덤하게) 왜긴~ (예림 얼굴로 가까이 가서 귓속말) 공사 관계 확실히 하고 싶은데 뭐라고 얘기해야 돼?

예림   (호랑이 가까이 오자 당황하며 한발 떨어져서 태호에게) 제가… 고등어 태워먹었거든요…

태호   (호랑과 예림 번갈아 보며) 둘이!! 고등어 구워 먹었어?? 한 집에서?

호랑   (예림 옆으로 한 발 가까이 가서 또 예림에게만 들리게) 같이 사는 거 눈치챘나 본데…?

태호   (화들짝) 같이 산다고?

호랑   (피식) 소개할게. 우리 집주인이시다.

태호   (그제야 표정 환해진) 아 예림이가 집주인? 진작 얘기하지~.

예림   아 쫌! 그만하고 부채질 좀 해요~. (호랑과 태호에게 부채 나눠 준다.)

[cut to]

연기가 모두 걷힌 주방. 땀에 흠뻑 젖은 호랑과 태호가 식탁에서 맛있게 라면을 먹고 있다. 그 모습 보던 예림

예림　(태호에게) 그나저나 저희 집은 왜 오신 거예요?

태호　아~ 호랑이 보러.

호랑　(황당) 날? 왜? (그러다 태호 뒤에 캐리어를 본다) 너 설마…

태호　(무덤덤) 누나한테 쫓겨났어…

예림　(걱정스러운) 제가 준 뻥튀기는, 잘 썼어요?

태호　아니… (머뭇거리며) 뻥튀기 부서질까 봐… 그냥 맞았어. (민망하게 웃는)

호랑　(태호의 이런 표정 낯설다. 태호를 보고 떠오르는 기억이 있다.)

[INS] 플래시백 – 트럭 안

호랑　(태호 옆에 뻥튀기 슬쩍 보며) 그거 좀 줘봐. 먹자.

태호　(화들짝) 이거? 안 돼. (하고 뻥튀기를 가슴에 품는)

호랑, 예림을 보는 태호를 보며, 태호가 설마…? 의아한 마음이 드는데. 곧이어 배고프다며 애처럼 라면을 먹어대는 태호를 보며, 의심이 사라진다.

호랑　(픽 웃으며) 먹는 거라면 아무튼…

태호　(입에 면발 잔뜩 문 채로 호랑 보며) 뭐…?

S#2.　　　**지욱의 사무실, 밤**

컴컴한 사무실. 책상에 스탠드 하나 정도 켜져 있다. 노래를 흥얼거리면서 들어오는 남자. 상의를 벗어 책상에 툭 던지는 남자의 뒷모습. 의자에 털썩 드러눕듯이 앉는다.

지욱　　(피식 웃으며) 별것도 아닌 놈들이…(바지 주머니 여기저기를 뒤지다가) 아 씨… 가면 흘리고 왔네….

「사장돌 마트」 06. 장사… 오 징하다

S#3.　　　**보람마트 외경**(다음날, 낮)

S#4.　　　**보람마트 안, 낮**

영업 전. 채소를 능숙하게 진열하는 호랑, 고기를 슥슥 썰어 소포장하는 영민, 우유를 진열대에 세팅하는 상우, 카운터 정리하는 태호, 영수증 종이 확인하는 예림. 모두가 장사 준비를 착실히 하고 있는 가운데, 어디선가 나는 곡소리

이준　　[E] 어우… 어우…

이준이 어깨와 허리를 부여잡고 카운터로 오며 앓는 소리
를 하고 있다.

이준   상우야~~~ 파스 한 장 더 붙여줘~.

상우   (빈 박스 들고 이준에게 오며) 형, 이제 붙일 데도 없어요~.

태호   (진절머리) 고등어 좀 팔았다고 생난리다 아주.

이준   (허세 작렬) 그냥 좀 판 정도가 아니거든? 고등어 완판, 아무
         나 하는 줄 아냐? 비린내 나지, 미끌거리지. 그거 참고 300
         마리 손질해 봐~. (뒷목 붙잡고) 어우… 승모근 결려.

호랑   (피식 웃으며) 실컷 엄살떨어라. 오늘은 봐줄게.

이준   이왕 봐주는 거 조퇴까지 봐주라. 나 완판남이잖아~~. (하
         며 허리를 붙잡고 어그적 나가려는데)

태호   (다급하게) 어딜 가~ 오후에 생선 오잖아~.

이준   (나가다 말고) 에? 무슨 생선? 생선이 왜 와?

태호   어제 너 도매상한테 생선 주문했잖아. 급하다고 했대매~
         그래서 내가 돈 보냈는데?

이준   (어이없다) 나 첫 고등어 망하고, 앞으로 직접 본 것만 사기
         로 했다고. 근데 내가, 나도 모르는 주문을 했다고?

예림   저도 이상한 게… 도매상이 카운터에 있는 저한테 안 오
         고, 콕 집어서 태호 사장님한테 돈 받으러 가더라고요?

40

S#5.   **플래시백 – 보람마트 매장 안**(어제, 낮)

태호, 양손에 1회용 접시가 가득 든 봉지를 들고 남자(지욱)와 얘기한다. 카운터에서 계산하며 흘끔거리는 예림. 남자 얼굴은 손님에 가려 잘 안 보인다. 정신없는 상황에서 남자 얘기를 듣는 태호 얼굴.

지욱   [E] 조 사장님이 주문하신 수산물, 출고 준비됐습니다. 입금만 해주시면 됩니다.

태호   (정신없는 와중에도) 계좌번호 주시면 조 사장한테 물어보고요.

지욱   [E] 속초항 일정 밀려서 지금 아니면 늦습니다. 입금 확인돼야 출발하는데, 그냥 딴 데 넘길까요?

밖에서 들리는 상우의 다급한 목소리

상우   [E] 태호 형~~ 접시 모잘라요~~~.

태호, 마음이 다급해진다. 멀리 떨어진 이준을 보는데 이준 역시 정신없이 고등어를 손질하고 있다.

태호   (다급하게) 아, 알겠어요… 입금할게요!!

S#6. 보람마트 안(현재, 낮)

모두   (놀람) 헉…

상우   …우리를 알고 있는 사람일까요?

호랑   (생각에 잠겨서) …그럴수도…

하면서 카운터로 가면을 탁 던지자, 영민과 이준, "으악~"
놀라며 서로 안는다.

호랑   어제 앞에서 주웠어. 가면 쓴 놈이랑 관련이 있나.

영민   (어쩐지 으스스) 일부러 우릴 엿 맥인 거?

태호   (열받는) 아우씨!! 나 그놈한테 사기당한 거야? 120만 원 입
       금했는데?

이준   (깜짝 놀람) 120만 원?!! 신태호, 돌았냐? 나한테 불량 고등
       어 사 왔다고 개난리 치더니~ 사기꾼한테 120을 갖다 바쳤
       어?

태호   야, 조 사장 들먹이면서 빨리 입금하라는데 너라면 안 했
       겠냐?

이준   나라면 아무리 재촉해도 확인 먼저 해. 120만 원 벌려면 2
       박 3일 고등어에 소금 뿌려도 안 끝나!!

태호   내가 모자라서 당했냐? 계획된 사기에 걸려든 것뿐이라
       고~.

호랑   자랑이냐? 신태호, 너 캠핑 그릴에 이어서 2연타야.

태호   (호랑 보며 비꼬듯) 정리 참~ 고맙다~.

이준   (한숨) …하루 벌면 다음 날 날리고, 그 다음 날 번 거 또 그 다음 날 날리고. 뭐 이렇게 보람이 없어? 아우 놀랬더니 나 또 허리 아퍼….

태호   (분하다) 사기꾼 새끼 가만 안 둬… 내가 잡을 거야.

호랑   네가 무슨 수로!! 앞으로 너~ 돈 관리는 예림이한테 물어보고 해. 모르면 아무것도 하지 마.

태호   (자존심 상한다) 야~!!

예림   (태호가 안됐다. 보다가 뭔가 생각이 난 듯) 태호 사장님! 도매상 얼굴 기억나요? 그려봐요. 범인 잡으려면 우리 다 얼굴을 알아야죠~.

태호   얼굴…?

[cut to]

도형 위주로 그려진 초단순 얼굴 탄생. 모두 기대하며 보다가 일제히 실망한다.

이준   (초상화 보며 심드렁) …웬만한 사람은 다 이렇게 생기지 않았냐?

영민   (그림 보며) 어제 하루만 이런 얼굴 열 명은 본 거 같아.

태호   (친구들 반응에 본인도 자신 없어진) 이렇게 생겼던 거 같은데….

상우	(태호에게 애써 밝은 얼굴로) 아예 단서가 없는 것보단 낫잖아요. 우리 이거 매장에 붙여놔요.
이준	(헛웃음이 난다) 이 그림으로 현상 수배하겠다고?
예림	(편들어 준다) 좋은 아이디언데 왜요? 붙여놨다가, 이 그림 보고 당황하는 사람이, 범인인 거죠.
호랑	(놀리듯) 그럼 여기 있는 사람 다 범인이야. 아까 다 당황했잖아?
태호	(약오른다) 에이씨, 어떻게든 내가! 120 벌어오면 될 거 아냐!!

태호, 자신의 그림 위에 'wanted' 적고 그림을 노려본다.
상우, 태호의 마음을 이해하듯, 그림을 들어 매장 벽에 붙여 놓는다.

S#7.   **보람마트 입구 밖, 낮**

포스를 풍기며 걸어오는 발. 비쩍 마른 백반집 사장(여/50대), 덩치 좋은 중국집 사장(여/50대)의 발이 쿵쿵 소리를 내며 보람마트를 향해 온다.

S#8. 보람마트 안, 낮

사장들 각자 코너에서 일하고 있고 예림, 지루한 듯 카운터
에 앉아 턱을 괸 채 문밖을 보고 있다.

예림   !!!! (토끼 눈 하고) 허어어어억!!!! 대박대박!!!

사장들, 왜왜왜… 뭐야 무슨 일이야 등 반응하며 빠르게
카운터 쪽으로 다 모여든다.

예림   (사장들에게) 이 동네 큰 손 양대 산맥 떴어요!
호랑   큰 손이라니? 누구?

사장들, 누가 오는 건지 궁금해하며 입구를 바라보는데, 마
트 문을 열고 카리스마 있게 들어오는 여사장 둘. 비쩍 말
라 신경질적으로 보이는 백반집 사장, 커다란 덩치에 함부
로 말도 걸기 힘든 카리스마의 중국집 사장이 마트가 런웨
이인 양 당당하게 걸어오고 있다. 예림 옆으로 다가온 호랑,
예림에게 슬쩍 물어본다.

예림   [E] 백반집, 중국집 해시 건물까지 올린 사장님들이에요.
저분들 1년에 한 번씩 동네 마트 투어 하거든요. 새벽 시장
다니기 힘들다고, 식재료 괜찮으면 직거래하자고 오세요.

상우	(어느덧 옆에 와서) 직거래할 수 있으면 대박이겠는데요?
태호	(역시 귀가 솔깃해서 여사장들 보는데)
예림	(고개를 절레절레) 근데 저분들… 만만치 않아요….

청과 코너에서 채소들 살피던 백반, 중국집 사장. 호랑 일행을 향해,

중국집	여기서 제일 좋은 양배추, 양파, 당근 좀 갖고 와 봐요.
백반집	나물 종류는 뭐 있나? 있는 거 다 보여줘 봐.
호랑	네~~!! (하고 채소 가지러 간다.)
중국집	(마트 둘러보며 구시렁. 짜증) 이런 데 좋은 게 있겠어? 보나 마나지.
백반집	어제 여기서 고등어 사간 사람들이 맛있었대. 물건 어떤가 보자고.

호랑, 양배추며 채소 한가득 가지고 온다. 카운터에서 그 모습 보는 예림, 태호.

| 태호 | (신나서) 거래 성사만 되면, 사기당한 마이너스 120, 걱정 없겠다!! |
| 예림 | (여전히 심각) 글쎄요… 우리 사장님들 멘탈이 걱정인데요. |

[cut to]

청과 코너 매대에 양배추, 양파, 당근, 대파, 온갖 나물들이 올려져 있다. 중국집 사장이 통양배추를 반으로 쫙 가르고 잎을 뜯어본다. 보던 이준이 놀라는데. 그러든 말든 중국집 사장은 양파도 껍질 벗겨 안까지 꼼꼼히 보고 백반집 사장도 나물을 손으로 이러저리 뒤집으며 본다. 지켜보던 영민

영민   (안타까워하며) 저 나물 우짠다… 저래 노면 못 팔잖여~.

이준   (식당 사장들 보며 심각하게) 영민아, 저분들 식당 어딘지 알아봐. 복수하러 가게.

영민   (질색팔색) 아서~ 언더커버 뭐시기 그 짓거리 또 할 생각 말어~.

이준, 영민 열받은 얼굴로 두 식당 사장들 보는데,

중국집   채소에 감동이 없네. (손을 탁탁 털더니) 구경 잘 했어요. (가는)

백반집   확 끌리지가 않아. 애매해… (나물 두 봉지 챙겨 간다.)

마트 입구로 가는 두 사장. 호랑과 나머지 사장들, 그저 황당해서 보고 있는데, 태호가 뛰어가 그 앞을 막아선다.

태호	(단호한) 그냥 가심 안 되죠~.
백반집	(나물 봉지 들어 보이며) 이건 해 먹어 보고 결정할게.
태호	나물 두 봉지 플러스. 구경한 채솟값. 계산하고 가셔야죠.
중국집	구경만 했는데 무슨 돈?
태호	구경이라뇨? 짤라 보고 뜯어보고 뒤적거려 보고! 저렇게 헤집어 놓은 채소 어떻게 팔라고요?
백반집	장사하는 사람이 꽉 막혔네? 초짜야?
중국집	우리가 누군 줄 알고~ 내가 중국집으로 먹여 살리는 도매 상이 한둘인 줄 알아?!!
호랑	(옆에서 난감해하며 여사장들 얘기 듣고 있는데)
태호	(지지 않는) 저흰 먹여 살리실 필요 없고요. 사장님들이 손 댄 채소만 계산하시면 돼요.
호랑	(참다못해 나서서 태호에게) 그만해! (사장들에게) 사장님들, 그 냥 가세요. 나물은 드셔보시고요.
백반집	(호랑의 가슴팍에 나물 봉지를 집어던지며) 됐어!!

호랑의 가슴팍에 나물이 쏟아진다. 놀라는 예림과 태호, 영민, 이준, 상우. 식당 사장들도 순간 놀라서 뻘쭘해 하다 가 서둘러 마트를 나간다. 식당 사장들이 가고, 모두 영혼 털린 모습으로 그 자리에 말없이 있다. 정적을 깨고,

호랑	(참다 참다 폭발) 신태호!! 지금 나물 값 받는 게 문제야? 그

런 마인드로, 성공은커녕 사기당한 돈도 회수 못 해.

태호   (억울) 내가 뭘 잘못했는데? 저런 갑질까지 받아줘야 돼?

호랑   저 사람들 식재료 볼 건 다 보고 갔어. 우리가 물건 들고

          찾아가도 무시할 사람들이라고. 채솟값 몇 푼이 대수야?

태호   (비꼬듯) 보살 났네 보살 났어. 왜 고기도 퍼주지? 술도 퍼주

          고?

호랑   (열받) 너 초딩이냐? 서비스 정신을 모르면, 나서지 마. 그게

          마트 돈 지키는 길이야.

태호   (눈에 불꽃 튀는) 말 다 했냐?

영민   (호랑 태호 사이로 와서) 뭐 말로 하고 자빠졌어~ 이참에 태권

          도로 붙어. 누가 뒤지나 결판내자고~.

태호   (참다가) 에이씨~~~~!!! (하며 나간다.)

예림   (걱정스럽게 보면서) 안 따라가도 돼요?

이준   (걱정 말라는 듯) 음~~~ 그건 돈 워리.

상우   (여유 있는 표정) 태호 형 밥 먹을 때 되면 올 거예요.

지켜보던 예림, 안 되겠다 싶어 태호를 따라나간다.

S#9.   **길거리 어딘가, 낮**

예림이 태호를 찾아 길거리 여기저기를 둘러보고 있는데,

저 멀리 보이는 벤치에 웅크리고 뒤돌아 앉아있는 태호가

보인다.

예림   설마… 우는 거야…? 아 진짜 우리 사장님들 손 많이 가…

예림, 그 뒤로 몰래 살금살금 가서

예림   (놀래키려) 사장님!!!!

태호   으악~~!! (성질난 표정으로 뒤돌아보다가 예림 발견) 아, 깜짝이야.

예림   제가 더 놀랐거든요? 왜 소리까지 질러요? (웃으며 태호 옆에 앉는) 그건 뭐예요?

태호   (손에서 내미는데 하트 모양 달고 나가 반으로 뚝 부러져 있다.) 괜찮아. 당 떨어져서 먹으려고 산 거야. (웃으며 달고나 씹어 먹는다.)

예림   난 또… 어디서 깡소주 때리나 걱정했는데… 얼른 들어가요.

태호   (한숨) 내가 마트에 있으나 없으나 똑같은데 뭐… 내가 너무 아는 것도 없이 일하고 있는 거지? (예림 보는)

예림   에이~ 그냥 부딪히면서 배우는 거죠~

태호   이준이도 고등어 한 마리 팔려고 밤새 연습하고… 최호랑, 그 자존심 쎈 놈이 나물 좀 팔아보겠다고 그 갑질을 참고… 근데 난… 120만 원이나 사기당했잖아. 잘 해보려고 해도 안 돼….

예림   (보다가) 사장님, 마트 공부 하고 싶으면 스승님을 찾아가
       세요.

태호   (예림 보며) 스승님? 누구?

예림   호랑 사장님이 모시는 분 있잖아요? 도매시장 박 사장님이
       요. 그분, 시장 안에서 '장사의 신'으로 불린대요. 열아홉에
       도매시장 들어와서, 지금 갖고 계신 점포만 열 개래요~.

태호   (혹한다) 그래??

S#10.   **보람마트 창고, 밤**

         영업이 끝난 퇴근 무렵, 영민이 심각하게 핸드폰을 보고 앉
         아 있다. 화면 사진에는 지나가 마트에 왔을 때, 정육 코너
         에서 찍힌 '직찍'과 글이 올라와 있다.

이준   (핸드폰 보며 댓글 읽는) ㅂㄹ마트 직원이 강제로 지나 손목
       끌고 감. 직원의 정체는 둘 중 하나로 추정됨. 사생이거나,
       (영민 쪽 보고) 남친이거나.

       영민이 고개를 푹 숙인다. 옆에서 호랑, 그런 영민이를 걱
       정하며 보고 있고, 이준도 핸드폰을 보며 말없이 심각한
       표정.

이준	(걱정하며) …해명 안 하면 마트 실명, 위치 까발린다는데?
영민	(한숨) 너희들한테 미안하… 안 그래도 힘든데…
호랑	너 때문에 힘든 거 없어. 근데 영민아, 너 지나 때문에 또…
영민	[OL] 내가 알아서 할 겨. 걱정 말어. (하고 일어나 창고를 나간다.)

호랑, 그런 영민이 걱정돼서 보고 있는데 태호가 창고 안으로 들어온다. 뻘쭘하게 슬금슬금 들어오는데,

호랑	오늘은 빨리 풀렸네?
태호	(민망) 시끄러… (호랑에게) 야, 오늘 샛별 태권도 개관 기념일이다?
호랑	(어이없다) 그래서? 태권도장 가서 생일 파티하자고? 나 박 사장님 가게 가야 돼.
태호	(답답) 하… 우리 태권도장 개관 기념일이 너희 엄마 생신이잖아!
호랑	(얼른 핸드폰 꺼내 달력 보고) 그러네. 오늘이네… 어떡하지?
태호	(인심 쓰는 척) 엄마한테 가봐. (툭) …박 사장님 가게는 내가 갈게.
호랑	뭐?

S#11.　박씨네 청과, 밤

박 사장이 불안한 표정으로 조마조마해 하며 어딘가를 지켜보고 있다. 그의 시선이 닿는 곳에, 산지에서 배송 온 트럭들이 있고, 태호가 짐 칸에서 고구마 박스를 내리고 있다. 낑낑대면서 박스를 떨어뜨릴 듯하면서도 겨우 옮기고… 그마저도 멈추고 힘들어 죽겠다는 표정으로 박 사장에게 온다.

태호　아우 힘들어… (박 사장에게) 사장님~ 물 없어요? 물 좀 주세요.

박 사장　아직 반도 안 내렸는데 쉬는 건가?

태호　아니~~ 사장님네 고구마가 딴 집보다 무거운 거 같아요. 허리 나가겠어요~.

박 사장　(어이없어 웃음이 난다) 허허.

[cut to]

가게 앞에 앉아서 생수병을 들이키고 있는 태호. 옆에서 그 모습 보던 박 사장.

박 사장　자네기 최 사징이링 같이 일하는 진군가?

태호　네. 5년 만에 다시 만나서 일하는데요. 진짜 하~나도 안 맞아요.

박사장	내가 봐도… 다르긴 영판 다르구면. (웃음)
태호	저한텐 그렇게 까칠한 놈이, 손님들한텐 착한 척 오져요. 나물을 집어던져도 돈 안 받고 보내고요. 환불해 달라, 물건 바꿔달라 이런 거 다~ 해줘요. 그렇게 펑펑 내주다 망할까 걱정이에요.
박사장	최 사장처럼 성실한 장사꾼이 망할 리가 있나. 내가 사람 잘 보거든? 성실한 싹수가 보이니까 고구마밭을 내준 거지.
태호	밭이요? 못난이 고구마, 사장님 가게에서 사온 거 아니에요?
박사장	그거 다 최 사장이 밭에서 손수 캐 간 거야.
태호	(몰랐다) …그런 거였어요?
박사장	절~대 혼자 못할 양이거든 그게. 어떻게 알고 고구마 순까지 캐 갔드라구. (웃음) 보통 장사꾼이 아냐 최 사장…
태호	(생각해 본다) 어쩐지… 그날 아침에 완전 흙투성이로 왔었어요…
박사장	장사꾼은 물건 하나를 팔아도 진심이 있어야 돼. 그걸 상대가 알게 되면, 진상 손님도 단골이 될 수 있네.
태호	(마트에서의 일을 떠올려 본다.)

[INS] 플래시백

중국집	채소에 감동이 없네. (손을 탁탁 털더니) 구경 잘했어요.
백반집	확 끌리지가 않아. 애매해.

태호	(생각에 잠겼다가 박 사장에게) 사장님. 혹시 양배추밭은 없으세요? (결연한 각오) 제가 몸이 부서져라 캐 볼게요.
박사장	뭐? (웃음) 박스도 겨우 나르면서 무슨.
태호	저 진짜 인정받고 싶어요. 사기 좀 그만 당하고, 친구들한테 도움 되는 동료 되고 싶어요. 그래서 박 사장님 찾아온 거예요.
박사장	(태호를 보다가) 어쩌나… 나한텐 양배추밭이 없는데?
태호	(실망) 아… 없으세요?
박사장	(실망한 태호 보고 씩 웃으며) 대신, 저기 초록색 간판 집 가면 이 시장에서 제일 맛있는 양배추가 있어. 그 집 채소들 아무한테나 안 파는데, 내 지인이라면 팔 게야.
태호	(벌떡 일어나서) 와 대박!! (꾸벅 인사하며) 감사합니다!!! 사장님!!!!
박사장	제일 중요한 게 있어. 가서 채소들을 사되, 그 채소를 팔지는 마.
태호	네????

S#12. **호랑 엄마의 반찬가게, 밤**

맛깔스러운 반찬들이 진열된 시장의 반찬가게. 그 안에서 호랑 엄마가 열무김치를 무치고 있다. 그 옆에 쓱 홍삼 선물세트를 내려놓는 호랑.

호랑	(쑥스러워하면서) 미역국은 드셨어요?
호랑엄마	새삼스럽게 무슨… (홍삼 슬쩍 보며) 오기만 해도 되는데, 뭘 이런 걸 사 와. 한 푼이라도 아껴야지. 적금은 꼬박꼬박 넣고 있지?
호랑	어? 어… (말 돌리듯) 요즘 열무가 맛있는 철인가? 열무는 어떻게 생긴 게 맛있어요?
호랑엄마	(무치다 말고 호랑 보며) 생전 안 묻던 걸 물어? 열무는 왜?
호랑	아니… 맛있어 보이길래… 엄마는, 이렇게 정성스럽게 담근 걸 손님이 불평하면 어떻게 해요?
호랑엄마	(김치 무치며) 속으론 열불 나도, 참고 팔지.
호랑	역시… 참는 거 말곤 방법이 없구나….
호랑엄마	(멈추고 호랑 보며) 그래도, 아무리 돈이 아쉬워도. 내 물건 사본 적 없고, 살 생각 없으면서 진상만 부리면, 난 손님으로 생각 안 해.
호랑	(그런 거였다. 참는 게 능사가 아니었다. 뭔가 깨달음)
호랑엄마	(반찬 든 쇼핑백 주며) 갖고 가! 남기지 말고 다 먹어!
호랑	(쇼핑백 받아 들며) 아 무거워! 오늘따라 왜 이렇게 많아?
호랑엄마	(무심히 일하며) 엄만 네가 하는 일에 참견 안 한다. 그저 밥 잘 먹고 건강만 해.
호랑	(그런 엄마 애틋하게 보며) …엄마! 활동 끝나고 한 번도 안 했던 건데요. (손 하트 발사하며) 해피벌스데이 투 맘! (손 키스) 생일 축하해요!

| 호랑 엄마 | 별일이네…. (하면서도 웃는) |

S#13. **샛별 태권도장**(다음날, 낮)

태호, 까치발로 살금살금 태권도장 안을 들어간다. 누가 없나 좌우로 둘러보면서 벽에 걸려있는 차 키를 빼가려는 그때, 누군가(민채) 뒤에서 태호를 부른다.

| 민채 | 쌤!!!!! |

태호, 깜짝 놀라서 자리에 주저앉는다. "아 깜짝이야…" 그러다 눈앞에 민채를 발견한다. 누나가 아닌 걸 확인하자마자 안심하는데, 그 모습을 보고 깔깔대는 민채.

민채	(웃음 멈추고) 쌤! 왜 도장 안 나와요? 짤렸어요?
태호	안 짤렸어~ 쌤이 스스로 그만둔 거야. 다른 일 해보고 싶어서.
민채	(귀 쫑긋) 새 꿈이 생긴 거예요?
태호	꿈? (민채 말에 미소) 뭐… 비슷해.
민채	거기에 새 제자들도 있어요?
태호	(그제야 민채의 맘을 알겠다) 무슨 소리! 쌤에게는 민채와 샛별반 제자들밖에 없느니라~.

민채   (그제야 맘이 풀려서 웃는다)

태영   [E] 신태호~~!!!

태호, 화들짝 놀라서 보면 도장 입구에 태영이 잔뜩 화난 얼굴로 다가온다.

태영   여긴 왜 왔어?! 또 뭘 뜯어가려고? 안 나가?

태호   아씨… (도망가려다 멈춰서) 아, 차 키!!

그 순간, 민채가 벽에 걸려있던 차 키를 집어 태호에게 던진다. 공중을 가로지른 차 키가 가뿐히 태호의 손에 안착한다.

태호   (감격) 제자야~~ 고맙다~~!!!!

민채, 태호 보며 별거 아니라는 듯 제스처 취하며 미소 짓는다.

태영   (황당. 멈춰서 태호에게) 차 키는 왜 갖고 가?!!

태호   (도망가며) 밤에만 쓰고 갖다 놓을게~!!

태영, 가는 태호를 보며 약오르는.

S#14. 도매시장 채소가게 앞, 밤

초록색 간판 가게에서 채소 박스를 들고 나오는 태호. "힘들어 죽겠네~~" 하며 '샛별태권도장' 봉고차 트렁크에 채소 박스들을 싣는다.

S#15. 보람마트 옥상(다음 날, 낮)

영업 전 아침. 테이블에 호랑 엄마가 싸줬던 반찬들이 빽빽하게 올려져 있고, 호랑, 이준, 영민, 상우, 예림이 모여 즉석밥에 반찬으로 아침 식사를 하고 있다.

영민   영판 꿀맛이네~ 어무니 손맛은 변함이 없구마~.

상우   (반찬들 보고 호랑에게) 와 진짜… 형. 어머니한테 잘해야겠어요.

호랑   보답으로, 묵직한 손 하트 대령해 드렸다.

예림   묵직한 손 하트는 어떻게 하는 건데요?

호랑, 말없이 '묵직한 손 하트' 예림에게 쏘아준다. 그러고 민망해서 웃고는 다시 밥 먹는데. 예림, 이게 뭐라고… 아침부터 이 남자 심쿵하네….

상우   (오징어볶음 먹으며) 와… 이거 하트 3종 세트 감인데요.

태호　　　[E] 나두~~ 어무니 오징어볶음~~~.

잠이 덜 깬 얼굴로 와다다 뛰어들어오는 태호. 비집고 앉아 먹기 시작한다.

영민　　　느릿느릿 기어 왔을 놈이 오징어볶음 먹을라고 뛰어왔구먼. (웃음) 이준아, 다음 해산물로 오징어는 어떄?

이준　　　(갑자기 숟가락 내려놓고) 내가 뭘 해도 사람들은 관심도 없는데 뭐… 관종짓 할 맛이 안 난다.

태호　　　(입안 가득 밥. 이준에게) 야, 구독자 1,000명이면 만족할 줄 알아라!

이준　　　(화들짝) 뭐?!!!! (핸드폰으로 확인해 보고 감격) 진짜 1,000명 넘었네!!

태호　　　뭐야, 몰랐어?

호랑　　　내가 440번째 구독자였는데, 그새 뭘 했길래 늘었냐?

이준　　　(일어나서 극도의 흥분 상태) 아 그~~고등어 브이로그 올렸거든~. 와~ 대박!

예림　　　(썸네일 보고 읽는) 초보 해산물러의 못난이 고등어 메이크오버 팁?

영민　　　(역시나 핸드폰 보며) 와따… 댓글이 몇 개여~?

상우　　　(댓글 보고) 병맛이라고 중독성 쩐대요.

이준　　　(댓글들 보며 좋아 죽는) 앞으로 수산은 나~ 조이준만 믿으라고~.

호랑   (이준 보며 어이없어 웃는데) 우리가 말할 땐 들은 척도 안 하

더니.

지나매니저   [E] 실례합니다~

마트 1층에서 소리가 들린다. 이준이 뛰어가서 옥상 아래

내려다보고 영민에게.

이준   영민아, 지나 매니저가 왔는데?

일순간 영민의 얼굴이 굳어진다. 호랑도 걱정스러운 얼굴

로 영민을 본다.

S#16.   **보람마트 입구 밖, 낮**

영민과 매니저가 서로 마주 보고 서 있다.

매니저   여기서 찍힌 사진 때문에 지나가 곤란해졌어요. 해명 글

올려줘요.

영민   해명… 글이요?

매니저   우리 심플하게 해결합시다. 지금 지나 솔로 앨범 앞두고 한

창 중요할 땐데, 그쪽이랑 나온 사진 때문에 난리가 났어

요. 내가 글 하나 보낼 테니까, 커뮤니티에 올려주면 돼요. 보상, 필요하세요?

영민　(침착하게) 해명 글, 올릴게요. 그리고… 제가 원하는 보상은 요….

매니저　(영민 보는데)

영민　지나한테 제발… 여기 오지 말아 달라고 전해주세요. (단호한 눈빛)

S#17.　도매시장으로 가는 길거리, 낮

이른 저녁. 태호, 도매시장으로 향해 가는데 길거리에 화장품 가게가 보인다. '잡티 차단 쿠션 50% 세일' 종이 붙어 있다. 태호, 예림이 생각이 난다.

[INS] 플래시백

태호　참, 빌려준 쿠션을 다 써버렸는데. 미안해. 새로 사줄게.

예림　괜찮아요~ 전 어두워서 안 쓰던 거였어요.

태호, 예림에게 새 쿠션을 사줘야겠다는 생각이 든다. 화장품 가게 안으로 들어간다.

S#18.   화장품 가게 안, 낮

태호, 직원에게 가서

태호   저… 요새 잘 나가는 쿠션 있어요?

화장품 직원   아 마침! 50% 세일하는 쿠션 제품 있어요~ 잡티 차단 다
             되는~~

태호   [OL] (완전 멋지게) 됐고요. 제일 비싼 걸로 주세요. 21호요.

S#19.   도매시장 채소가게 앞, 밤

박스를 열어 양배추 상태를 확인하는 태호. 만족스러운 표
정으로 박스를 닫고 태권도장 차량에 싣는다. 땀이 흐르고
힘들지만, 기운을 내서 박스를 싣는다.

S#20.   호랑의 방(다음 날, 아침)

호랑, 아침에 침대에서 일어나려는데 배 위에 다리가 올려
져 있다.

호랑   (기겁하는) 으악~~~

다리를 확 치워버리고 일어나면, 옆에서 입 벌리고 세상모

르게 자는 태호가 있다.

호랑   뭐야? 이놈… 언제 들어왔어? (태호를 흔들어 깨운다) 야~ 신
       태호~

그래도 세상모르고 자고 있는 태호.

호랑   밤에 뭐 하고 다니는 거야?

한심하다 싶다가도 짠하다. 호랑, 잠든 태호 보다가 이불을
잘 덮어준다.

S#21.   보람마트 안, 낮
손님들 3~4명이 장을 보고 있는데 그제야 좀비처럼 출근
하는 태호. 잔뜩 피곤한 모습이다. 수산 코너 테이블에 (해
산물 담긴) 박스 올리고 있던 이준, 태호 보고는

이준   (일름보) 신 사장 이제 출근했대~~요~~!!
태호   딱밤을 맞는 한이 있어도 오늘은 못 일어나겠드라. (코 훌쩍
       거리는)
예림   (걱정스럽게 보며) 감기예요?

태호	…과로인 거 같애.
호랑	(어이없다) 과로?!!! 네가?? 뭐 하고 다니길래~.
태호	(뭐라 설명하려다 귀찮) 아 그런 게 있어~.

그때, 마트 문을 박차고 들어오는 백반집, 중국집 사장들. 잔뜩 화가 나 있다.

백반집	(성큼성큼 들어오며) 내가 미쳐~ 오늘 장사 어떡하냐고~~.
중국집	(다짜고짜) 오늘 아침에 왜 안 갖고 왔어? 어?!!
호랑	(황당) 뭘… 안 갖고 와요? 무슨 말씀 하시는 거예요?

그때, 태호가 사장 둘 앞에 나선다. 펄펄 뛰는 여사장들에 비해 여유 있다.

태호	사장님들~ 제가 일주일째 아침형 인간으로 살았더니 너~무 피곤해서 늦잠을 자버렸네요? 그래서 식재료 못 갖다 드렸어요.
호랑	(태호 얘기에 놀라며) 식재료?
태호	응. 채소 종합 선물 세트!
호랑	(놀람)

S#22. **플래시백 – 백반집 앞, 아침**

백반집 앞에 '샛별 태권도장' 봉고차가 선다. 식당 앞에 박
스 2개를 놓는 태호. 박스에 매직 글씨로 '보람마트 드림'
이라고 쓴다.

S#23. **플래시백 – 중국집 앞, 아침**

샛별 태권도 차량이 떠나고, 입구에 '보람마트 드림' 채소
박스 2개가 놓여 있다.

S#24. **보람마트 안, 낮**

호랑   (놀랐다) 일주일 동안 새벽마다 식재료를 날랐다고? 태호
                  네가?

태호   (민망) 응… 나 땜에 120만 원 날렸잖아. 내가 책임져야지.

호랑   (태호가 혼자 애쓰고 있는 줄 몰랐다) ….

백반집   (태호에게) 다들 그렇게 본 척 만 척할 거야?! 책임 안 져?

중국집   재료 올 줄 알고 안 사났는데 오늘 장사 어쩔 거야!

호랑   (옆에서 혼나고 있는 태호를 보며 속에서 불이 난다.)

백반집   (태호에게) 식재료 사놓은 거 있어? 없어?

중국집   있으면 지금이라도 줘. 아, 시간 없으니까 식당으로 갖다 줘.

호랑, 여사장들의 뻔뻔함에 점점 화가 난다. 엄마가 했던 말이 떠오른다.

[INS] 호랑 엄마의 반찬 가게

호랑엄마 아무리 돈이 아쉬워도. 내 물건 사본 적 없고, 살 생각 없으면서 진상만 부리면, 난 손님으로 생각 안 해.

호랑 (단호하게) 사장님들! 태호가 준 식재료 받고, 돈 냈어요?

중국집 …그냥 준 거잖아!

호랑 앞으로 저희 마트랑 거래하실 거예요?

백반집 (어이없다) 그거야 모르지~.

호랑 저희 물건 산 적도 없고, 살 생각도 없는데, 무슨 손님이에 요?!!!

백반집/중국집 (당황) 뭐?!!

호랑 태호야, 저분들 우리 손님 아니야. 공짜로 대주면서 욕먹지 말고, 우리 알아봐 주는 사람들하고만 거래하자.

태호 (호랑의 말에 감동, 뿌듯) 최호랑! 마무리는 내가 할게.

태호, 자신감 있고 여유 있는 모습으로 두 여사장들 앞에 나선다.

태호	사장님들. 선물세트 만족하셨어요? 그거, 사고 싶다고 살 수 있는 채소들 아니에요. 박리다매로 영업할 수도 있지만, 우리 동네 대표하는 맛집이라 퀄리티 좋은 재료 드리고 싶었어요.
중국집	(혼잣말) 누가 들으면 다이아라도 파는 줄 알겠네. 오버는 ….
호랑	(그 말에 또 빡쳐서 태호 보며) 태호야, 됐어 그만 해. 너 이런 취급받는 거 싫어.
태호	응 그러려고. (두 사장 보며 단호한 눈빛) 좋은 물건 보고도 맞는 대접 안 하는 분들껜 납품 안 합니다. 가주세요.
백반집/중국집	(당황하는) 뭐?!!

반면 눈빛조차 흔들리지 않고 단호한 태호. 호랑, 그런 태호의 모습에 새삼 놀란다. 두 식당 사장들 기세가 눌려서 말을 꺼낸다.

중국집	(뻘쭘한) 아 다이아보단 못하지만… 보면 알지. 물건 다 좋드라고….
백반집	(머뭇대다) 아 거래할게!! 내일부터 물건 넣고 영수증 끊어요.
태호	그럼 계약 성사된 거예요~ (미소) 사실 재료는 차에 다 있어요. 오늘까지 공짜로 배달해 드리고요. 내일부터 영수증 끊을게요.

백반집	(그제야 안심하며) 진작 얘기하지~~~~ (나가며) 장사하러 가자고~.

백반집, 중국집 사장 서둘러 나간다. 그제야 긴장 풀려서 자리에 주저앉는 태호. 식당 사장들 나가는 모습 보면서 믿을 수 없다는 표정

태호	와… 이게 되네? 나 어마어마한 거래 딴 거야… 그지?
호랑	(역시 얼떨떨) 뭐야, 너 이게 다 계획이었어?

이준 영민 예림, 태호 옆으로 오는

예림	이 동네에 소문 쫙 나겠어요~ 저분들 조건 맞춘 가게는 우리가 처음이에요!
영민	(좋아하며) 아이구~ 보람마트에 고정 매출 생긴 겨?
이준	(허세) 난 이 모든 행운이 내 고등어 완판으로 시작됐다고 본다.
상우	(태호보며) 와 우리 태호 형~ (양손 엄지척) 능력자!!
태호	다 박 사장님 덕이야.
호랑	뭐?

플래시백 – 박씨네 청과(S#11 이후, 밤)

박사장 제일 중요한 게 있어. 가서 채소들을 사되, 그 채소를 팔지
는 마.

태호 네????

박사장 공짜로 딱 일주일만 채소를 납품하는 거야. 일절 생색도
내지 말고. 일주일째 되는 날, 납품을 끊어!! 그 다음은, 술
술 풀릴 거네.

태호 (완전 빠져들어서 듣는다.)

S#26. **보람마트 안**(현재, 낮)

태호 (양손을 들고 어딘가에 대고 외치는) 스승님~~~ 감사합니다.

나머지 사장들과 예림, 어이없다는 듯이 웃는데

민수 [E] 너희 진짜 장사하는구나?
호랑, 뒤돌아보면 어느새 민수가 마트에 와 있다.

S#27. **보람마트 옥상, 낮**

파라솔 의자에 민수가 앉아 있고, 호랑이 그 앞에 캔커피
내려놓고 앉는다.

민수   (캔커피 마시며) 야 나 놀랐다야. 대충 놀면서 과자나 팔 줄 알았지. 간 쓸개 다 빼주면서 장사할 줄 몰랐네? (비웃음) 금방 부자 되겠다?

호랑   (잔뜩 긴장. 경계 가득) 부자될까 봐 미리 숟가락 얹으려고요?

민수   부동산에 확인해 보니까 정말 마트 매물 취소했드만? 거래한 대로, 「밥심이 짱이다」 식재료 알려주러 왔지.

호랑   (그제야 안심) 아, 그럼 전화를 주시죠.

민수   춤추고 노래나 하던 애들이 어떻게 장사하나 궁금하기도 했어. 같이 안 하겠다고 해체까지 했으면서 돈으론 합이 맞나부다?

호랑   (덤덤하게) 20대 내내 열심히 달려온 거 같은데, 저도 애들도 10년 전보다 나아진 게 없어요. 만약 그게 제 탓이라면…

민수   (예상치 못한 호랑의 속내다) ???

호랑   대표님 말대로 제가 썬더보이즈를 해체시켜서라면… 책임지고 싶어요. 두 번의 실패는 없도록… 그래서, (민수의 눈을 보고) 우리 마트가 잘돼야 해요.

민수   (뜻밖에 호랑의 진심을 알고, 마음이 흔들린다. 그러다 툭) …다음 식재료는 미역이랜! (빈 캔커피 테이블에 놓고 일어난다.)

호랑   캔커피 돈 주셔야죠.

민수   (황당) 네가 줬잖아~ 이거 얼마 한다고 돈을 받냐?

호랑   천 원이요.

민수	(어이없다. 테이블에 천 원 내려놓으며) 야, 천 원 갖고 백날 아
	등바등 하면 뭐하냐. 나무만 보지 말고 숲도 보면서 살어.
	큰 걸 못 보면, (의미심장하게) 한 방에 훅 가는 거야. (하며
	가는)
호랑	(뭔 소리지? 뭔가 수상하다.)

S#28. 보람마트 안, 낮

손님들 2~3명 정도 있는 마트. 호랑을 제외하고 모두 각자
자리에서 일하고 있는데, 문을 열고 들어오는 송지선 PD

송 PD	(들어오며) 안녕하세요~.
상우	(놀라며) 어? 피디님.
태호	(상우 보며) 피디님?? (하고 송 PD를 다시 본다)

사장들, 카운터로 모여든다. 그런 사장들 둘러보는 송 PD,
신기해하며

송 PD	와… 다들 그대로시네요~.
예림	(무슨 상황인지 어리둥절)
송 PD	(카운터에 명함 올려놓고) 라디오국에서 일하는 송지선 PD에
	요. 진성마트에서 우연히 상우 씨 보고 너무 반가워서 아

는 척했었어요.

그때 옥상 계단에서 매장 안으로 호랑, 송 PD를 보는데

송 PD   (호랑을 보고 반색하며 좋아한다) 어머!! 호랑 씨, 안녕하세요.

호랑   (얼떨떨) 절… 아세요?

송 PD   (텐션 업) 다들 썬더보이즈였잖아요! 저… '백만 볼트' 1기예요!

예림   (적응 안 됨) 백만… 볼트…???

태호   (너무 놀라서 입틀막) 우리 팬클럽 '백만 볼트'??

모두들 꿈을 꾸는 듯 멍…해진다. 그 말을 들은 예림 역시 충격에 휩싸인다. 사장들을 둘러본다.

예림   사장님들이… 아이돌이었다고요?

호랑   (기분은 좋은데 민망하다. 송 PD에게) 알아봐 주셔서 감사해요.

송 PD   (한껏 들떠서) 해체하고 다들 꼭꼭 숨으셔서 너무 그리웠어요.

사장들   (송 PD 말에 다들 감동)

송 PD   상우 씨 보고 나서, 회사에서 최애돌 만난 썰을 엄~청 풀었거든요? 그랬더니 PD 선배가 썬더보이즈를 방송에 출연시키고 싶대요.

이준   (놀람) 출연이요?? (입틀막)

송 PD	오늘 같이 왔어요. (밖에 대고) 선배~.

남자 PD 한 명(이영진 PD/30대)이 들어온다.

이영진 PD	(인사하며) 처음 뵙겠습니다~. (하며 호랑에게 명함을 건넨다.)
송 PD	근황이 궁금한 은퇴 가수들을 모아서 방송을 하신대요. 제가 썬더보이즈 완전 추천했어요. (웃음)

태호, 이준, 영민, 상우는 방송사에서 제안이 온 것에 완전 흥분돼 있다. 호랑만 두 명의 PD를 살피며 신중하게 얘기를 듣는다.

이 PD	(살짝 거만) 송 PD가 썬더보이즈라고 추천하는데 생전 첨 들어본 그룹이더라고? 근데 스토리가 나쁘지 않아서···.
호랑	('스토리'란 단어에 빠직한다.)
이 PD	다들 출연은 괜찮으신 거죠?
이준	(대흥분) 직접 오셔서 제안 주셨는데~ 해야죠~~.
상우	(얼떨) 정말 저희가 방송에 나가는 거예요?
호랑	(그런 멤버들을 보면서 걱정과 불안이 앞선다.)
이 PD	대부분 찬성이신 거 같은데, 그럼 내일 사전 인터뷰 촬영 가능할까요?
영민	(똥배를 만지며) 마음은 준비됐는디··· 얼굴이랑 몸은 준비

됐나 모르겠네유.

호랑   (침착하게) 내일은 너무 갑작스러운데요.

이 PD   (사무적) 인터뷰 찍는다고 방송에 다 나가는 건 아니니까요.

　　　편하게 같이 얘기 나누는 자리라고 생각하심 됩니다.

태호   (그저 좋은) 내일 가능합니다!! 할게요.

호랑   (잔뜩 흥분된 태호를 보다가 이 PD에게) 저희끼리 상의해 보고

　　　다시…

태호   [OL] 뭘 상의해~ 우리 다 출연 오케이 아냐?

　　　이준은 오케이 사인을 보내고 영민은 벌써 몸 만들기 푸시

　　　업을 하고 있다가 오케이. 상우는 호랑을 보고 고개를 끄

　　　덕한다.

호랑   (너무 급작스럽지만) …하시죠. 인터뷰 촬영.

이 PD   그럼 장소는 여기로. 시간은 연락드릴게요. (가는)

송 PD   썬더보이즈 홧팅이요!! (하며 간다.)

　　　이 PD와 송 PD가 나간 거 확인하고. 펄쩍펄쩍 뛰며 좋아

　　　하는 이준과 태호, 그런 형들 보며 웃는 상우. 영민은 계속

　　　푸시업. 호랑 혼자 걱정스러운 기색이다.

예림   (얼떨떨한 얼굴로 호랑에게) 사장님들… 진짜 아이돌이었어

요?

호랑   (씁쓸하게) 옛날 일이야…

태호   (예림에게 와서 호들갑) 예림아~ 내가 왕년에 댄스브레이크

           전담이었어! '댄브' 구간 나온다! 하면 벌써 팬들이 난리를~

이준   야! 난 그냥 머리만 쓸어넘겨도 난리였어. (머리 쓸어 넘긴다.)

호랑   너희들 옛날 얘기 좀 그만…

태호   (툭) 송 PD님 몇 년만 더 일찍 찾아오지. 우리 아버지 돌아

           가시기 전에.

멤버들   (생각도 못한 말. 태호를 본다.)

태호   우리 아버지가 잘못했네. 나 TV 나오는 거 진짜 좋아하셨

           는데 오래 좀 사시지. 에이 속상해. (툭툭 털고) 일하자.

           호랑, 태호의 진심이 느껴진다. 더 이상 태호의 말에 반박

           하지 않는다.

S#29.   **지욱의 사무실, 밤**

           지욱, 여전히 뒤돌아 앉아 있는데. 책상 앞에 민수가 서 있다.

민수   (일러바치는 투로) 애들이 이렇게 장사에 진심일 줄 몰랐네

           요. 아 글쎄. 식당에 식재료를 납품한대요~.

지욱   (뒷모습) 더 이상 못 봐 주겠네.

민수   (당황) …네?

의자를 돌려 정면으로 앉는 지욱. 얼굴이 드러난다.

지욱   (눈빛 이글이글) 내가 장난질을 쳤는데도, 포기 안 한다 이거지?!

S#30.   **플래시백 – 보람마트 매장**(며칠 전, 낮)
손님으로 정신없는 이준의 해산물 코너 앞.

이준   (살펴보다가) 한 마리 드릴까요? 손질은 어떻게….

이준이 묻는 앞에 검은 모자를 쓴 남자 손님, 지욱이 서 있다. (얼굴 보인다)

지욱   (피식 웃으며 고등어 탁 놓고) 뭐 맘대로….

[cut to]
숯을 들고 나가려는 태호 앞에 한 남자가 서 있다. 보면, 지욱이다.

지욱   속초항 일정 밀려서 지금 아니면 늦습니다. 입금 확인돼야 출발하는데, 그냥 딴 데 넘길까요?

태호   (다급하게) 아, 알겠어요. 입금할게요!!

태호의 모습 비웃고는 유유히 빠져나가는 지욱, 그의 뒷주머니에 꽂혀있던 가면이 바닥에 툭 떨어진다. 가면남이 썼던 가면이다.

S#31.   **지욱의 사무실**(현재, 밤)

지욱   (독기 어린 눈빛) 더 기다릴 거 없이, 쎄게 쳐야겠네.

민수   (눈치 보는데)

S#32.   **보람마트 매장**(다음 날, 낮)

카운터 벽에, 태호가 그린 '지욱의 초상화'가 붙어 있다. 그 앞으로 카메라 2대와 간단한 조명이 설치돼 있고, 그 옆에 이 PD가 앉아 있다. 그 맞은편에 의자 5개가 놓여 있고, 가운데 의자에 말쑥하게 차려입은 호랑이 혼자 앉아 있다. 다소 놀란 표정, 점점 표정이 굳어지더니 결심한 듯, 이 PD에게 얘기한다.

호랑   TV 출연, 할 수 없습니다… 죄송하지만, 이렇게 거절하는 것조차 죄송한 마음이 안 듭니다.

태호   [E] 뭐? 누구 맘대로!!!!

호랑이 소리 나는 곳 보면, 문 입구에서 잔뜩 화난 표정으로 서 있는 태호. 그 옆에 당황한 기색의 이준, 영민, 상우가 서 있다. 그럼에도 단호한 표정으로 이 PD를 보는 호랑.

6화 엔딩

눈앞이 껌껌

Episode
7

S#1.   **보람마트 밖, 낮**

깔끔하게 차려입은 상우가 마트 주차장에 들어선다. 그러다 어딘가를 보고 웃음을 터트린다. 마트 입구 옆에, 세상 터프가이로 변신한 태호, 그 옆에 투 머치 패션의 진수를 보여주는 화려한 의상의 이준, 그 옆엔 예스러워 보이는 양복을 입은 영민이 서 있다. 다들 서로의 패션이 맘에 안 드는 듯 불만.

상우   (형들에게) 그냥 깔끔하게 입고 오랬는데? (웃으며) 이게 다 뭐예요~.

이준   (불만 가득) 내 말이~ 얘네 땜에 창피해서 뭐 하겠냐? (태호, 영민 옷 가리키며) 아우 이거 어뜨케? 촬영되겠어?

태호   (이준 옷 보며) 야, 너랑은 촬영이 아니라, 같이 있는 것도 창피하다.

영민   (그러거나 말거나 훅훅 심호흡하다가) 다들 멋있구먼 뭘.

상우   (그런 형들이 귀엽다. 그러다가 마트 안 슬쩍 보고) 그나저나 호랑이 형 잘 하고 있겠죠? 저는 좀 떨리는데….

이준   아유~ 다들 촌스러워서. 따라와. 가서 긴장 풀어주자.

이준이 앞장서고, 사장들 뒤따라 간다. 맨 뒤에 영민, 얼굴 잔뜩 경직돼서 따라가는.

S#2. **보람마트 안, 낮**

5개의 의자 가운데에 말쑥하게 차려입은 호랑이 혼자 앉아있다. 다소 놀란 표정, 점점 표정이 굳어지더니 결심한 듯, 이 PD에게 얘기한다.

호랑   (단호한) TV 출연, 할 수 없습니다. 죄송하지만, 이렇게 거절하는 것조차 죄송한 마음이 안 듭니다.

태호   [E] 뭐? 누구 맘대로!!!!

호랑이 소리 나는 곳 보면, 문 입구에서 잔뜩 화난 표정으로 서 있는 태호. 그 옆에 당황한 기색의 이준, 영민, 상우가 서 있다. 이 PD 역시 당황해하고 있는데,

호랑   이만 가주세요. (단호한 눈빛)

S#3. **보람마트 입구 밖, 낮**

예림이 출근하러 들어가려는데, 안에서 큰소리가 들린다.

태호   [E] 최호랑 말 좀 해봐!!

예림, 들어가려다 멈칫한다.

S#4. 보람마트 안, 낮

호랑   (태호 못 보고) …할 말 없어….

태호   (딥빡) 왜 말도 없이, 네 맘대로 결정해?

호랑   (망설이다) …녹화가 토요일이래. 주말 장사 지장 있어서 못
       한다고 했어.

태호   (이유 듣고 더 어이가 없다) 이유가, 그게 다야?

호랑   …응.

이준   마트는 예림이가 일당백인데, 맡기고 가도 됐잖아.

영민   (호랑 살피며) 뭔 일 있었던 겨? 니가 이유없이 이럴 애가 아
       니잖여~.

호랑   (차마 말을 하지 못하고) ….

상우   (호랑의 표정을 살피며) 말해봐요. 형~

호랑   (어렵게 말을 꺼내려는) …그 컨셉이…

태호   [OL] 뻔하지 뭐~ 첨부터 출연하기 싫었던 거야. 그래서 뭐
       하나 꼬투리 잡아서 인터뷰 엎은 거야 지금.

호랑   (빈정 확) 그래! 이 인터뷰 처음부터 싫었어. 우리 어렵게 모
       여서 마트 시작했는데, 맘 흔들릴까 봐.

태호   고거 잠깐 흔들리는 것도 못 봐주냐? 5년 만에 출연 섭외
       받았는데?

호랑   그렇게 방송 나가는 게 좋으면 진작 나가지~ 왜 5년 동안
       참았냐?

영민   (말리며) 다들 그만혀~.

그때 예림, 마트 안으로 들어온다. 심상치 않은 분위기에 그저 멀찌감치 서 있다.

태호   (참다 참다 폭발) …너희가 옆에 없었잖아!!

나머지넷   (모두 태호를 본다.)

태호   나 혼자서 뭘 해?! 호랑이 넌 번호 바꾸고, 영민인 시골 가서 잠수 타고! 상우는 발리 가버리고, 이준이는 개인 방송한다고 바쁘고! 현이는… (말해 놓고 놀란다. 현이, 이름을 말해 버렸다.)

나머지넷   ('현이' 이름을 듣고 모두 얼어버린다.)

호랑   …그만하자.

태호, 분을 못 이기고 일어나 나가버린다. 남은 사장들 누구도 말을 꺼내지 못하고 얼어있다. 무거운 분위기에서 예림이 조심스럽게 옆에 와서 호랑에게 묻는다.

예림   현이라는 분은 누구예요…?

호랑   (대답하지 못하는데) ….

상우   (덤덤하게 툭) 있어요. 나보다 한 살 많은… 스물한 살 우리 형….

예림, 무슨 말인지 상우와 다른 사장들 보는데, 더 이상 누구도 얘기하지 않는다.

아직, 우리들의 상처는 아물지 않았다. 아프다.

「사장돌 마트」 07 눈 앞이 껌껌

S#5.   **호랑 방**(다음날, 아침)

침대 밑 바닥에서 눈을 뜬 호랑. 몸을 일으켜 침대 위를 보면, 태호의 흔적이 없이 자기 전 침구 상태 그대로다.

호랑   (걱정스런) 어디서 잔 거야. 신경쓰이게….

일어나 이불을 개는데 문득 전날, 민수의 말이 떠오른다.

[INS] 플래시백

민수   다음 식재료는 미역이랜다.

호랑, 뭔가 생각이 떠오른다. 옷장에서 여행 가방을 꺼내 옷가지와 칫솔, 면도기 등을 챙겨 넣는다.

S#6. **보람마트 안, 아침**

문을 열기 전 마트. 태호가 터벅터벅 마트 문을 열고 들어온다. 카운터에 앉아있는 예림, 배낭을 멘 호랑이 서 있다가 태호를 본다. (나머지 사장들은 출근 전) 태호, 냉랭하게 호랑을 지나친다. 호랑, 그런 태호 보고 한숨 쉬고는 예림 보며

호랑   나 없는 동안 마트 잘 부탁해. (가려는데)

태호, 호랑 얘기에 멈추고 뒤돌아 호랑의 배낭 보며,

태호   (여전히 냉랭하게) 어디 가냐?

호랑   (답은 안 하고 태호에게) 어디서 잤냐?

태호   (짜증) 아 우리 누나처럼 굴지 말고~ 배낭 뭐냐고~.

예림   (또 싸울까 봐 얼른) 부산으로 출장 가신대요.

태호   (어이없는) 동네 마트에서 무슨 출장. 너 공사 일 들어왔지? (삐딱하게) 우리가 방송하잘 땐 개무시하고 까더니, 넌 하고 싶은 거 따박따박 하고 좋겠다?

호랑   (섭섭해서 괜히 삐딱하게) 마트 하면서 방송 나갈 생각만 하는 놈도 있는데, 난 그러면 안 되냐?

태호   아 됐어! 공사장 가서 삽질을 하든 말든 관심 없다. (하고 카운터로)

호랑   (참고, 예림에게) 참, 예림아.

예림   (호랑 보며) 네?

호랑   잘 때 바깥 대문 꼭 잠그고.

태호   (어처구니없다)

예림   (민망) 제가 뭐 애예요?

호랑   고등어도 굽지 마. 집 태울라. 내일 올게. (나가는)

예림   뭐야…. (하면서도 심장이 쿵쿵 뛴다.)

태호   (어이가 없다. 가는 호랑 뒤에 대고) 멋있는 척은 지가 다해. 나도 있거든~ 예림아~ 고등어 구워~~ 두 마리 구워!!

하며 예림을 보는데, 예림은 가는 호랑이 뒷모습만 보고 있다. 예림의 입가에 미소가 번져있다. 그 모습을 바라보던 태호, 가슴이 따끔하다. 주머니에 손을 넣고 쿠션 화장품을 슬쩍 꺼내 만지작 한다. 예림을 보며 꺼낼까 말까 고민하는데, 그때, 복순 할머니가 마트로 들어온다.

예림   (친절하게) 어서 오세요~~.

아쉬워하며 다시 주머니에 쿠션을 쏙 넣는 태호. 복순, 태호 앞에 서더니.

복순   (태호에게) 바구니 들고 나 따라와.

[cut to]

카운터에 수북히 쌓인 식재료들. 보고 깜짝 놀라 입이 안 다물어지는 태호.

태호   짠순이 할매가 오늘따라 왜 과소비를 하지? 길에서 돈이라도 주웠어요?

반면 복순은 기분 좋아 보인다. 예림이 바코드를 찍고 태호는 물건을 장바구니에 담으며 복순과 포스기의 숫자를 번갈아 본다.

예림   (계산을 마치고) 7만 8천 5백 원이요.

태호, 복순을 살피는데 복순은 군말 없이 꼬깃꼬깃 접힌 지폐들을 예림에게 내민다.

태호   (예림에게만 들리게) 만 원짜리 8장 맞나 잘 세봐.
예림   (돈 세보고) 8만 원 받았고, 잔돈 천오백 원이요. (잔돈 건네준다.)
태호   할매, 캐셔 차별하는 거예요? 갑자기 왜 이러실까. 무섭게.
복순   (어리둥절) 왜에~ 계산이 잘못됐어?
태호   (깎아달랠까 봐 움찔) …아뇨!! (박수 짝짝) 완벽해요. 펄펙트!!

(포인트 종이에 서둘러 스티커 붙이며) 오늘 많이 사셨으니까
스티커 10장!! (복순 보고) 무거운데, 배달해 드릴게요.

복순   싫어. 내가 갖고 갈 거야.

복순, 큰 장바구니를 들고 기분 좋게 간다. 의아한 태호.

S#7.   **부산 건어물 시장, 밤**

건어물 가게에서 미역을 고르고 있는 호랑. 포장에서 미역
을 꺼내 냄새를 맡아보고 앞뒤로 꼼꼼히 살펴본다. 그러다
미역에 붙어있는 작은 새우를 발견하고 미소.

백반집   [E] 작은 새우들이 붙어있으면 맛있는 미역이야.

S#8.   **플래시백 – 백반집, 아침**

테이블에 앉아 수첩에 메모하는 호랑. 그 앞에 앞치마 두
르고 서 있는 백반집 사장.

백반집   미역이 다니까 새우들이 붙어있는 거거든.
호랑   아…!! (메모하면서 듣는 호랑)
백반집   아니 건어물 하나 사는데 이렇게 꼼꼼하게 공부를 해? 우

리가 거래처 하난 잘 골랐네? (좋아하는)

호랑　좋은 걸로 골라와서 납품해 드릴게요. (하며 마저 메모)

S#9.　**부산 건어물 시장, 밤**

좋아 보이는 미역을 손에 집어 들고 수첩 내용 보며 꼼꼼히 살피는 호랑. 그의 수첩에 빼곡히 가게 이름과 가격, 전화번호가 적혀있다.

호랑　(미역 집어 보더니 가게 사장에게) 내일 서울로 배송되죠?

사장님　(친절) 당연히 되지예~.

S#10.　**보람 마트 안**(다음날, 낮)

보람마트에 전화가 요란하게 울린다. 태호가 뛰어와서 받는다.

태호　보람마틉니다~

복순　[F] (잔뜩 성질난) 와 봐! 우리 집으로!!

태호　…누구세요? …복순 할머니?

복순의 집, 낮

태호가 복순의 집안으로 들어선다. 작고 정갈한 복순의 집 안. 바닥에 커다란 장바구니 2개가 놓여있고, 그 옆에 복순이 잔뜩 화나서 서 있다.

태호	할머니, 무슨 일이에요?
복순	(장바구니들을 가리키며) 이거 마트로 도로 갖고 가!! 돈 돌려 줘!
태호	(황당한) 에이 할머니~ 채소 이거 시들어서 어떻게 팔라고 요~.
복순	손님이 필요 없다면 바꿔줘야지!! (화가 잔뜩 났다.)
태호	(복순 살피며 의아한) 어제만 해도 시원~하게 돈 쓰던 할매가 갑자기 왜 뿔이 나셨으까? (놀리듯) 사춘긴가?
복순	나 놀려?!! 내가 올해 팔순인데!!
태호	(놀람) 할매 올해 팔순이에요?? 잔치해야겠네~.
복순	….

태호, 집안을 둘러보는데 신발장 옆에 달력. 그중 한 금요일에 동그라미 쳐져 있고 어린이 글씨로 '우리 할머니 팔순' 이라고 써있다.

| 태호 | 어? 이번 주 금요일에 하시네? 이야~~ |

복순	(한껏 기운 없는) 잔치는… 혼자 무슨 잔치야!
태호	(복순을 본다) 왜 혼자예요…?
복순	아무도 못 온댜… 2남 1녀가 아무도 못 와.
태호	에이~ 사는 게 팍팍하면… 그럴 수도 있죠. (하고 할머니 슬쩍 본다.)
복순	(긴 한숨을 내쉰다.)
태호	(복순이 안쓰러운. 냅다 지른다) 할머니!! 금요일에 혼자 계시지 말고 저희 마트로 오세요!! 저희랑 같이 팔순 보내요.
복순	(눈이 커지며) 팔순 잔치를 해준다고?!!
태호	(당황) 잔치…요? (좋아하는 복순의 모습에 거절 못 하고) 네… 오세요. 미역국 끓여서 같이 먹어요.
복순	(좋아하는) 그럼 축가도 불러주나?
태호	(생각도 못 했다) 네? 축가요? (난감… 점점 일이 커진다)
복순	(기대하는 눈빛)
태호	아, 노래 불러드려야죠. 하하… (난감한)

S#12.　　보람마트 입구 밖, 낮

양손에 복순의 장바구니를 들고 터벅터벅 걸어오는 태호.
걱정이 한가득이다.

| 태호 | 팔순 잔치에 노래까지 약속을 해버렸네. (머리에 꿀밤) 아 어 |

쩌자고!

걸어오는데 보람마트 앞에 택배 박스들이 잔뜩 쌓여있고, 호랑이 박스를 옮기고 있다. 태호가 뻘쭘하게 다가가는데,

태호   (택배 상자들 보며. 눈은 안 마주치고) 뭐냐…?

호랑   (박스 옮기며) 부산에서 주문한 건어물. 출장 가서 샀어.

태호   (그랬구나. 누그러진) 아… 이거 땜에 갔었냐? (민망, 어색) 얘길 하지~.

호랑   (박스 옮기며) 됐어. 한 사람만 고생하면 되지.

태호   고구마도 그렇고, 혼자 하지 말고 담엔 같이 가.

호랑   (피식 웃으며) 박 사장님한테 들었냐?

태호   (민망해서 괜히) 그래! 너만 사장이냐? 나도 사장이라고.

호랑   윤 대표가, 다음 방송에 미역 나온대. 나 땜에 방송 못 나가서 실망해 있는데, 미역 사러 가자기도 그렇고, 내가 부산 가서 좋은 거 골라왔어.

태호   (표정 밝아지는) 미역??

이준   [E] 여러분~~~~!!

호랑과 내호, 소리 나는 곳을 보면. 이준이 화려한 여행용 캐리어(대형 사이즈)를 옆에 세워놓고 마트 입구에 서서 핸드폰으로 셀프 동영상을 찍고 있다.

혁, 하는 호랑과 태호.

이준   (카메라를 향해) 쭈니 J의 수산물 브이로그!! 이번 게스트는
       누구일까요? (비밀 얘기인 듯) 제가, 「밥심이 짱이다」의 비밀
       정보를 긴급! 입수했습니다. (멈춰서 캐리어를 오픈하며) 그 주
       인공은 바로!!

호랑/태호 (옆에서 툭) 미역?

       그 순간, 캐리어 안에 있던 미역이 우르르 쏟아진다.

이준   (허무해서 호랑과 태호 보며) 뭐야. 어떻게 알았어?

호랑   어떻게 알긴, 윤 대표한테 들었지.

이준   (황당. 카메라 끄고) 나한테만 얘기한 게 아니야?

       그때, 쩌렁쩌렁 들리는 소리.

영민   [E] 얘들아~~~~ 내가 뭐 사왔는지 알어~?

       호랑, 태호, 이준이 소리나는 쪽 보면. 영민 상우가 양손에
       잔뜩 미역을 들고 있다.
       또 미역이다…. 할 말을 잃은 호랑과 이준. 그 속도 모르고
       그저 해맑게 웃는 영민.

영민   (자랑하고 싶어 죽겠다) 요번 「밥심이 짱이다」에 말여.

이준   [OL] 알아, 안다고. 미역!!!

영민   (놀람) 뭐여. 나만 들었는디. 텔레파시 통한 거?

[cut to]

호랑과 이준과 영민, 상우가 사 온 세 종류의 미역들이 마
트 앞에 산처럼 쌓여있다.

한숨 쉬는 사장들.

호랑   (생각할수록 열불 나는) 아, 윤 대표 진짜… 미역 정보 하나 들
        고 와서 이 사람 저 사람한테 생색 다 내고 갔어.

상우   (웃음) TV 못 나간다고 기운 빠져 있더니, 그 와중에 다들
        미역 사러 간 거예요? 와 우리 진짜 보람마트 애정 하네?

이준   그래~ 사랑스러워 죽겠다 아주. (미역 보며) 이걸 다 어떻게
        팔아~.

영민   (나름 진지) 오늘부터 오지게 먹어치우면 어때? 내가 열 그
        릇도 가능혀.

태호   사장들~ (손가락을 튕기며) 집중!!

사장들 (태호 보면)

태호   나한네~ 미역을 기가 막히게 팔 아이디어가 있어!!!

S#13. 보람마트 옥상, 낮

사장들, 옥상 끝에 서서 넓은 옥상을 바라보고 있다.

영민   그르니께, 여기에서 미역 장터를 열자는 거여?

태호   (신난) 그래~ 미역 세팅해서, 큰 솥에 미역국도 끓이고~.

상우   미역국은 왜 끓여요?

태호   생각해 봐. 고등어구이 했을 때 반응 어땠어? 끝내줬잖아
       ~. 무조건! 음식 냄새를 풍겨야 된다니까~ 영민이가 소고
       기 착착 썰어 넣고 미역국 끓여서 시식 코너 하면! 미역 장
       사 게임 끝이야~!!

모두 솔깃한 표정으로 고개 끄덕이고, 호랑만 유일하게 의
심의 눈길로 태호를 본다.

이준   오디오만 들으면 그럴듯한데… 표정을 보면 왜 약장수 같
       지…?

태호   (당황) 야! 아이디어를 줘도 뭐라 하냐? 사기 칠 게 뭐 있다
       고… (하는데 목소리는 작아지는)

호랑   (의심) 너 혹시 속아서 특대형 솥단지 잘못 샀냐?

태호   (욱) 난 맨날 사기만 당하냐? 백반집 중국집 따낸 거 봤잖
       아~.

이준   그래! 수산물 담당 사장으로서, 나도 미역 장터 콜!

영민	내가 끓인 소고기 미역국이 또 기가 맥혀~ 미역 장터 나도 콜.
상우	저도 좋아요! 태호 형, 어떻게 그 짧은 시간에 아이디어를 냈어요?
호랑	(긴가민가해서 태호 보는데)
태호	(칭찬이 좋으면서도 호랑의 시선이 부담스러운)
복순	[E] 사장들 있수…?

사장들 돌아보면, 복순이 환하게 웃으며 들어온다.

| 복순 | 알바 아가씨가 일루 오면 사장님들 있다길래… (그러다 태호 보고 반가워하며) 저기~ 금요일에~ 내 팔순 잔치 몇 시에 시작인가? |

사장 넷, 어리둥절. 태호는 크게 당황해서 사장들 눈치 본다.

S#14.   지나의 차 안, 낮

촬영 대기 중. 지나, 핸드폰을 들고 커뮤니티 글을 읽고 있는데, 이미 열받은 상태.

| 지나 | (핸드폰 보며 읽는) 물의를 일으켜 죄송합니다? (어이없어 미친 |

다.)

매니저	(운전석에서) 회사에서 하란 대로 한 거다.
지나	(속상) 애한테 이런 거 시켜놓고… 보상은 해줬어요? (짜증) 아 등신이 아니면, 요구한 게 있을 거 아녜요!
매니저	의자 밑에 아이스박스 열어 봐. 요구사항 들어있다.
지나	(의자 밑 아이스박스 열어보면 '투게더' 아이스크림 들어있다. 보고 뭉클) …아이씨, 이런 등신.
매니저	등신 아냐. 똑똑해. 다신 오지 말래. 그게 두 번째 요구사항 이야.
지나	(충격. 서운하다. '투게더' 보며) …병 주고, 아이스크림도 주 네….

S#15. **보람마트 옥상, 낮**

사장들 모두 어리둥절해서 복순을 보고 있다.

호랑	할머니, 팔순 잔치라뇨?
복순	여기서 팔순 잔치해준댔어.
이준	(놀람) 저희 마트에서요? (태연하게) 아니에요~.
복순	(호랑의 반응을 보더니 눈치를 채고 태호를 보는) …아니여…?
태호	(할머니 손 이끌며) 할머니, 잔치 얘기는요. 저랑 나가서…
영민	(뭔가 눈치 채고 태호 보며) 태호야, 네가 잔치해 드린다고 한

겨?

태호   (민망하다. 대답하지 못한다.)

복순   (크게 실망하며) 그냥 한 말이었구면… 내가 괜히 주책스럽

게…

하고 실망한 기색으로 돌아서는 복순. 그 모습 보고 있던
호랑, 결심한 듯

호랑   할머니! 금요일 점심 때 오세요.

태호   (호랑을 본다.)

복순   (뒤돌아 호랑 보는데 화색이 가득) 내 팔순 잔치??

호랑   네. 미역국 준비해 놓을게요.

복순   (좋아하는) 고마워~ 경로당 할매들한테도 얘기해 줘야겠네.

태호   (당황) 네? 할매 친구들도 와요? 몇 분이나?

복순   얼마 안 돼~ 한 20명?

호랑/태호   (기절 초풍) 20명이요?!!!!

복순   축가 공연도 있다니까, 경로당 할매들이 서로 온다고 난리

여~.

시장들 모두 당황해서 얼음. 호랑, 이게 어떻게 된 일인지…
태호에게 레이저 눈빛을 보내는데. 태호는 시선을 피한다.

보람마트 안, 낮

예림, 카운터에 앉아 있는데 전화가 온다.

예림   (전화받는) 어? 민석 선배. 저요? 알바하고 있어요. (불편) 취

직은… 지금은 생각 없어요.

S#17. **보람 마트 옥상, 낮**

모두 앉아서 심각한 고민에 빠져있고, 태호는 눈치만 보고

있다.

태호   (구구절절) 아니~ 할매가 팔순 생일을 혼자 보내셔야 된대.

그 얘길 듣고 어떻게 모른 척해….

영민   미역국 대용량은 일도 아녀. 내가 큰손이잖여. 문제는… 축

가지.

이준   (심각) 노래를 해야 돼? 해체하고 노래방에서도 불러본 적

없어.

상우   다 같이 맞춰본 지도 5년이나 됐잖아요.

태호   (혼자 여유) 야~ 생일 축하 노래 하나 갖고 무슨~ 그냥 하면

돼~.

호랑   (태호 얄밉) 그냥? 혼자 일 쳐놓고~ 아무튼 잔머리는 천재

다! 천재! 다른 음식은 어떡할 거야~.

태호	내가 다 할게, 걱정 마!
영민	(궁금) 네가? 할 줄 아는 게 있는 거?

사장들 모두 궁금해서 태호를 보는데.

| 태호 | (말할 듯하다가) 아우 당 떨어져. 나 사탕이 좀 들어가야 브리핑이 나오겠는데. 최 사장~~ 오렌지 맛! |

기대했던 호랑. 그럴 줄 알았다는 듯 어이없어하면서도

| 호랑 | 갖다는 주는데, 공짜로는 안 준다. (하며 가는) |

S#18. 보람마트 안, 낮

호랑, 매장 안으로 들어오는데, 예림이 전화 통화를 하고 있다.

| 예림 | (전화 통화) 아, 김 교수님 스터디요? 거기에… 자리가 났어요? (고민하는) …아. 좋은 기횐 건 알죠. 고마워요 선배. 근데 저 지금 근무 중이라… 나중에 연락드릴게요. |

호랑, 예림의 전화 통화를 들어버렸다. 어쩐지 미안한 마음.

예림, 전화 끊는데 저만치에 서 있는 호랑과 눈이 마주친다. 눈 마주치자 당황하는 호랑, 진열대에서 허둥지둥 이것저것 찾는다. 예림, 심란해지는데. 그때, 모자와 마스크로 얼굴을 완전히 가린 여자 손님(지나)이 급하게 들어와 예림 앞에 선다.

예림   손님, 뭐 찾으세요?

여자 손님, 예림 가까이로 다가와 모자를 벗고, 마스크를 벗는다. 예림, 깜짝 놀란다.

예림   지나 언니??!!!
지나   (손가락으로 쉿! 하며 미소) 여기… 정육점 꽃미남 어디 갔어요?
예림   (정신이 어질어질) …네? 정육점에… 꽃미남이 있었나?

그때, 마트 안으로 우르르 들어오는 사장들. 카운터에 있는 지나를 보고 당황한다. 영민은 지나와 눈이 마주치자 어쩔 줄 모르고 자리를 피하려 하는데.

지나   (영민에게 뛰어가며) 은영민!!

달려가 호랑을 지나쳐 영민의 손을 탁 잡는다.

예림   꽃미남이… 은 사장님? (호랑을 보며 미소) 호랑 사장님이 아
       니었네.

호랑을 비롯한 사장들도 그 모습에 당황해한다. 지나를 보
는 영민, 마음이 복잡하다.

영민   (서울 말. 지나에게) 오지 말랬잖아. 너 이러면 나 또 도망가.
지나   그래 도망가~ 난 또 쫓아갈 거니까. 사진 찍히든 말든.
영민   (그런 지나가 애잔한) 천하의 김지나가 뭐가 부족해서 나 같
       은 놈을 쫓아다녀~ 5년이나 지났는데 이제 그만 잊어주라.
지나   (속상) 안 잊혀지는데 어떡해! 너 다시 봐서 얼마나 좋았는
       줄 알아?
영민   (애써 감정 누르며) 난 싫어. 너는 화려하고… 나는 초라해….
       우린 안 어울려.

지켜보는 사장들. 영민이 짠하다. 속상해서 한숨만.

지나   (진심을 다해) 난 겉만 화려해, 속은 초라해. 근데 넌 반대야.
       내 초라한 마음까지 아껴주는 사람은 너밖에 없어.
영민   (뭔가 결심한 듯) 지나야, 이제 오지 마.

지나   (서운한) 은영민!!

영민   내가 갈게…

영민이 지나에게 성큼성큼 달려가서 와락 안는다. 보고 있
던 사장들은 일제히 기겁을 한다. 닭살 돋아 미친다.

예림   헉. 영민 사장님 저런 남자였어? 저래서 지나 언니가 좋아
         했네.

영민이 살짝 포옹을 풀고 부끄러운 미소를 지으며 지나를
바라본다. 지나, 환하게 바라보는데. 그때, 문밖을 보던 예
림, 지나를 향해

예림   지나 언니!! 매니저 아저씨 와요!!

지나   (영민 보며) 다음엔 네가 먼저 와. 나 갈게.

지나, 뛰어가면서 영민에게 손 하트 날리며 미소. 지나의
손 하트를 한 손으로 낚아채서 가슴에 묻는다.

호랑   (영민 보고) 클났다. 김지나 때문에 영민이 봉인 해제됐어.

영민, 행복하게 웃으며 친구들에게 걸어오는데, 그 모습 본

태호

태호   (영민에게 다가가며) 영민아!! 오지 마~ 내가 갈게. 크크크크

이준   (태호 밀쳐내며) 아니야 내가 갈게.

태호의 말에 모두 웃는 사장들, 영민은 아무것도 안 들리는지 두 손을 가슴에 대고 걸어오는데. 나머지 사장들 뛰어가 영민에게 "손하트 뺏자~" 달려들면 영민은 안 된다고 도망가고. 상우, 자기 팔로 안으며 부럽다는 듯 영민을 보고 있다. 그 모습 보고 웃는 예림, 호랑.

S#19.   **보람마트 외경**(며칠 후, 낮)

어느새 초겨울. '보람마트 건어물 장터 오픈! 명품 미역! 파격가 大잔치' 플래카드가 마트 앞에 붙어있다. 마트 안으로 손님들이 우르르 들어간다.

S#20.   **보람마트 옥상, 낮**

손님들이 옥상에 들어서자, 눈앞에 건어물 장터가 펼쳐진다. 천막 아래 미역, 김 등 건어물이 진열돼 있고, 그 옆에는 커다란 솥에 미역국이 끓고 있다. 옆 천막 바닥엔 돗자

리가 깔려있고 그 위 평상엔 수저 세트들이 깔려있는데, 사장들이 보이지 않는다. 손님들이 들어가서 건어물들을 살펴보는데, 그들 뒤에서,

호랑   [E] 손님 여러분~~

손님들 모두 뒤를 보면, 한껏 꾸민 사장들이 옥상 위로 걸어오고 있다. 바람에 살랑이는 머리카락, 친절한 미소, 다정한 눈빛. 손님들의 마음을 단번에 사로잡는다. 멈춰 선 다섯 사장들. 호랑, 손님들을 바라보며,

호랑   건어물 번개 장터에 오신 걸 환영합니다~!!
태호   시식 코너에서 미역국 맛있게 드시고, 저희 물건 많이 사주세요.
이준   (끼어들어서) 아, 여러부운~ 장터 옆에 제 카메라 있거든요? 보람마트에 응원 메시지 많이 남겨주세요~~.

웃는 손님들. 카메라 지나치며 귀엽게 브이 포즈. 기분 좋게 물건 고르는 손님들. 호랑은 미역 판매대로 이동하고, 영민은 미역국 솥으로 가 자리 잡고 이준은 손님들에게 자리 안내를 하고, 상우는 입구에서 손님들 맞이한다.

[cut to]

옥상 입구에서 뻘쭘하게 들어오는 진성 사장. 화려한 꽃무
늬 셔츠 차림이다.

진성 사장   (투덜) 제길… 여긴 오늘도 북적대네. 미역을 어떻게 팔겠다
는 거야?

하면서 사장들 만날까 봐 눈치 보며 장터로 들어가는데 그
때, 판매대에 있는 이준, 미역국 앞에 영민이 진성 사장을
발견하고 손님들에게,

이준   여러분~~ 진성마트 사장님도 저희 미역을 사러 오셨습니
다!! 우리 미역이 이 정돕니다~!
영민   (국자 뜨며 머리 넘기는) 사장님 와서 미역국 한 그릇 하시죠.
진성 사장   (갈까 말까 망설이다가 미역국에 혹한 표정으로 시식 코너로 간다.)
상우   (영민을 지켜보다가) 아니 영민이 형, 같은 사람 맞아? 지나
누나 왔다 가고 사람이 변했네.

S#21.   **보람마트 창고, 낮**

박스에서 생크림 케이크를 조심스럽게 꺼내는 태호. 예림
불안불안하게 쳐다보는데

예림　사장님, 그거 맞춤 케이크인 거 알죠? 엎으면 망하는 거예요~.

태호　(케이크 꺼내며) 나 태권도 유단자야. 밸런스 좋다고.

하는 순간, 다 꺼낸 케이크가 태호의 오른손으로 휘청인다. "으악~~!!!" 예림이 케이크를 다시 세우는데 이미 태호의 오른손가락에 생크림이 살짝 묻었다.

예림　이럴 줄 알았어요~~ 암튼 손 많이 가는 사장님이라니까~.

예림, 물티슈를 가져와 건네는데. 장난기가 발동한 태호, 오른손가락에 묻어있는 생크림을 예림의 코에 묻힌다. 태호, 깔깔대며 웃는다.

예림　(귀엽게 삐진 척) 애도 아니고 정말…. (하면서 물티슈로 코에 묻은 생크림을 닦는다.)

태호　(웃음을 멈추고) 미안. 화장 다 지워졌겠다.

예림　어쩔 수 없죠 뭐.

그런 예림을 보고 태호, 주머니에 있는 쿠션을 슬쩍 꺼내줄까 말까 망설인다. 그러다가 태호, 맘먹고 쿠션을 꺼내는데, 창고에 나타난 호랑.

호랑	할머니 오셨어!
예림	다 됐어요. (하고 케이크를 들고 쪼르르 들고 가는데)
호랑	(예림 보더니) 코 옆에 (손으로 자신 얼굴 가리키며) 묻은 거 뭐야?
예림	뭐 묻었어요? (당황하며 닦으려는데)
호랑	봐봐. (진지하게 예림 얼굴로 손 내밀더니) 장난이야. (하며 웃는다)
예림	앗!! 뭐예요 진짜… (하며 웃는다)
호랑	(따라서 웃는다) 지난번에 내 등 덮친 거 복수야. (웃음)

호랑과 예림이 서로 마주 보고 웃고 있다. 태호, 그 모습을 보며 묘한 기분이 든다.

태호	(혼잣말. 서운) 내가 할 땐 안 웃더니….

S#22. **보람마트 옥상, 저녁**

평상 위에 불고기, 잡채, 떡볶이, 초코파이, 과일, 미역국에 쌀밥이 차려져 있다. 화사한 양장을 차려입고 온 복순 할머니. 자신의 생일상을 보고 감격한다. 함께 온 할머니들도 생일상을 보고 감탄하는데. 그 뒤로 다가오는 사장들.

태호	(자랑) 할머니! 팔순 상 어때요? 이거 저희들이 직접 한 거예요~.
호랑	(미안해하며) 사실은요… 직접 요리한 건 미역국 하나고요. 불고기랑 잡채, 떡볶이 전부 마트에서 파는 밀키트로 했어요. 저희가 할 줄 아는 요리가 별로 없어서….
예림	(케이크 보이며) 할머니! 케이크는 마트에 없는 거예요! 특별 맞춤이에요.

복순이 태호와 호랑의 손을 한 쪽씩 잡는다. 눈빛에 고마움이 가득하다.

복순	고마워… 팔십 평생에 이런 생일상은 처음이야.
영민	(허세) 이런 축가도 처음이실 거예요.
복순	(놀라며 기대) 잉?? 축가?

사장들 모두 갖은 폼 다 잡으면서 노래방 기계가 설치돼 있는 '무대'로 간다. 먼저 노래방 마이크를 잡는 태호

태호	우리 보람마트의 VVIP! 이복순 여사님의 팔순을 축하드립니다. 건어물 장터에 오신 손님들도 미리 생일 축하드려요~.

복순과 모든 손님들이 박수를 친다. 미역국을 먹던 진성 사

장도 얼떨결에 박수. 손님들 사이에 송 PD도 보인다. 미소를 지으며 "노래해!! 노래해!!" 외치는데. 손님들 사이에서 검은 캡을 푹 눌러쓰고 있던 남자(지욱)가 지켜보다가 나간다. 남자가 가자 그 뒤에 서 있던 도윤이 보인다. 도윤, 가는 남자를 보며

도윤   어? 가면 아저씨…? (지욱의 뒷모습을 본다.)

그때, 생일 축가 반주가 나온다. 사장들이 노래를 부르기 시작한다. 차분하게 시작했던 1절이 끝나고 노래가 빠르게 바뀌더니 2절과 함께 사장들이 춤을 춘다. 지켜보던 손님들 모두 함께 따라 부르고 신나게 노래를 즐긴다. 복순 역시 박수를 치며 즐거워한다. 마침내 노래가 끝나고 손님들의 엄청난 환호. 태호가 마이크를 복순에게 가져간다.

태호   할매!!! 축가 들으신 소감 한 말씀~~.
복순   (한껏 기분 좋은) 앙꼬르~~~!!!
이준   (당황) 앵콜?? 한 곡만 연습했는데요?
복순   이것이 끝이라고? 한 곡만 더 해봐.

사장들, 서로 얼굴만 쳐다보는데, 갑자기 이준이 단상으로 나온다. 사장들, 오~~ 기대하며 이준을 보는데. 이준이 마

이크를 잡는다.

이준   (손님들 둘러보다가 브이로그 카메라에 시선 고정) 아아~ 거기 꼬마 손님~ 카메라 살살 다뤄주세용~.

도윤, 개의치 않고 카메라 들고 여기저기 찍고 다닌다.

이준   (MC처럼) 여러분이 기다리시는 앵콜곡은~~ 보람마트의 꿀 보이스 윤상우 사장입니다~~.

사람들이 환호하면, 사장 네 명이 양쪽에서 상우를 무대 중앙으로 세운다. 형들, 상우를 격려해 주고 응원의 눈빛 보낸다.

호랑   상우야, 너밖에 없다.

[cut to]
무대 앞 복순과 친구 할매들은 다들 기대하는, 혹은 기다 리기 지루한 표정으로 상우를 보고 있다. 상우 멍… 핸드폰 을 들고 상우 찍을 준비하던 예림이 상우 보다가

예림   (답답) 아니, 가수였다면서요. 노래하는 게 그렇게 긴장돼

요?

상우   …혼자 노래해 본 적이 없어서….

예림   (막걸리 잔을 내민다) 받아요. 이 방법이 최고예요.

상우, 얼떨결에 잔을 받아 멍해 있는데. 사발에 막걸리를
콸콸 따르는 예림. 상우, 망설이다가 막걸리를 원샷 하더니
결심한 듯 벽에 세워져 있던 기타를 집는다.

S#23.   **보람마트 안, 저녁**

옥상에서 엄청난 환호성. 진열대 안쪽 깊숙이 두부를 넣는
손(검은색 위생장갑 낀).

S#24.   **보람마트 옥상, 저녁**

사장들, 조마조마하며 상우를 지켜보고 있다. 긴장한 표정
의 상우는 좀처럼 연주를 시작하지 못한다. 사장들, 상우보
다 더 긴장해서 지켜보고 있는데. 상우의 시선이 기타 보디
한구석에 멈춘다. 'to 상우' 그리고 한눈에 알아볼 수 있는
'송현이' 이름 사인. 현이의 사인을 보는 상우의 눈빛이 깊
어진다. 사인을 손으로 가만히 쓰다듬는다. 그제야 마음이
안정된다. 기타 연주와 노래가 시작된다.

손님들 모두 상우의 노래에 집중한다. 형들 역시 상우의 노래에 감동한다. 지켜보는 호랑, 가슴이 뭉클해진다.

송 PD [E] 메보 실력 어디 안 가네요.

호랑 (옆을 보면 송 PD가 있다) 아, 오셨어요?

송 PD (미소) 장 보러 왔다가 뜻밖에 귀 호강하는데요?

호랑 (동생이 뿌듯하다) 몰랐는데… 실력이 많이 늘었네요.

송 PD (상우 보며) 예선 봤다 하면 본선 직행인데, 왜 신청을 안 한대요?

호랑 (어리둥절. 송 PD를 본다) 무슨 예선이요?

송 PD 아 못 들으셨어요? 저희 방송국에서 하는 오디션 프로 지원해 보라고 했거든요. 근데 영 반응이 없네요?

호랑, 몰랐다. 형들 때문일까… 무거운 마음으로 상우를 바라본다. 진심을 다한 상우의 연주, 그리고 노래. 마침내 노래가 끝나자, 환호성이 쏟아진다. 상우가 일어서서 꾸벅 인사한다. 얼굴이 잔뜩 상기되어 있다. 지켜보던 사장들은 동생이 자랑스러워서 미친 듯이 박수 치고 환호한다. 예림, 핸드폰으로 영상 찍으면서 세상 즐겁게 웃고 있다. 복순 할머니 손님들 모두 행복하게 박수 치고, 상우는 손님들 반응 보며 미소 짓는다.

보람마트 안, 저녁

작업을 마친 듯, 검은색 위생장갑을 벗는 손. 핸드폰으로 전화를 건다.

지욱   (뒷모습) 식품위생과죠? 제보할 게 있는데요.

S#26.   **보람마트 옥상, 밤**

영민과 이준, 호랑, 상우, 예림 나란히 서서 웃으며 "안녕히 가세요~~~" 인사하고 손님들이 손에 미역을 한 아름 들고 기분 좋게 웃으며 옥상을 나간다. 팔순 잔치 천막에선 태호와 복순이 마주 보고 있다.

복순   (태호에게) 별거 없이 80년 산 게 뭐 자랑이라고… 이런 생일 대접도 받네. (웃음) 자식들한테도 내 엄청 자랑했어. 지들도 미안했는지, 다음 주에 다들 집에 온다네. (웃음)

태호   할매, 이게 다 내 덕인 거 알죠?

복순   알지~ (태호 손에 흰 봉투를 쥐어주며) 생일상 고마웠어.

태호   (한사코 봉투를 마다 한다) 아 짠순이 할매가 이상한데 돈 쓰네?

복순   돈 아녀. 한 줄 써봤어.

태호   (무안한) 아~ 돈 아니에요? 진작 얘기하죠~.

하며 봉투에서 종이 꺼내 보는데 태호의 눈빛이 흔들린다.
가슴이 뭉클… 태호가 바라보는 종이는, 태호가 그려준 포
인트 종이였다. 볼펜으로 그려준 포도 그림 위에 깨알같이
스티커가 채워져 있었다. 그 포도 아래 할머니가 삐뚤빼뚤,
정성껏 눌러쓴 한 줄. '고맙읍니다 사장님'

태호   (왜인지 모르겠는데… 눈시울이 뜨거워진다) 사장님….
복순   내가 돈은 없고 줄게 이거밖에 없어. 여긴 사장도 사탕 하
         나 사 먹으려면 돈 내야 됐됐잖어. 스티커 바꿔서 좋은 거
         사 먹어, 잉? 다른 사장님들한테도 고맙다고 전해주고.

         태호, 할머니의 말에 들릴 듯 말 듯 "네…"
         '사장님'. 이 단어가 뭐라고… 가슴이 웅장해진다.

S#27.   **보람마트 창고, 밤**
         호랑, 상우를 찾아 창고를 들어오는데, 상우가 단체사진 액
         자를 보고 있다.

호랑   상우야! 여기서 뭐해?
상우   (호랑 보며 어지럽다는 듯 머리 잡고) 막걸리가 생각보다 쎄요.
         (웃음)

호랑	(들어오며 웃음) 나 놀랐다. 언제 그렇게 곡 쓰고 연습까지 했어?
상우	(민망)
호랑	(툭) 예선 신청해.
상우	(놀라서 호랑을 본다) 어떻게 알았어요?
호랑	너 아직 음악에 미련 있는 거 알아. 고민 그만하고 오디션 지원해.
상우	형은 TV 출연 거절했잖아요. 왜 저만 나가라고 해요? 다시 음악 하고 싶지 않아요?
호랑	(덤덤하게 툭) 난 이대로, 큰 꿈 없이 사는 게 편해.
상우	(형의 속내. 가슴이 아프다) 그럼, 사는 게 너무 쓸쓸하잖아요.
호랑	나만 그런가 뭐… 근데 상우 너는 하고 싶은 거 했으면 좋겠어. 형들 눈치 보지 말고.
상우	형….
단속반1	[E] 사장님 계신가요~~?

호랑과 상우, 서로 눈이 마주친다. 호랑, 밖으로 나간다.

S#28. 보람마트 안, 밤

매장 입구에 남자 둘, 목에 공무원증 패용하고 손에 카메라 들고 서 있다. 그 모습에 호랑과 상우, 긴장해서 남자 둘

을 본다. 뒤에 태호, 이준, 영민, 예림도 와서 남자 둘을 바라보는데,

단속반1   구청 식품 위생과에서 나왔습니다.

호랑   (놀라는) …구청이요?

단속반2   유통 기한이 지난 식품을 판매하고 있다는 신고가 들어와
          서요. 점검할게요.

하고 단속반들이 두부, 콩나물 진열대로 간다. 사장들과
예림, 큰 충격에 휩싸여 서로를 바라본다.

호랑   …어제 반품 정리 누가 했어?

모두   (태호를 본다.)

태호   (시선이 쏠리자 괜히 당황) 아… 확실히 했어~.

그때, 단속반 1이 들고 있던 장바구니에 두부를 툭 던진다.
사장들과 예림, 소리에 놀라 그쪽 보는데. 이어서 두부 몇
모를 더 던지고, 콩나물, 우유도 담는다.

영민   (사장들에게) 물건들 왜 빼? 문제 있는 식품이라고?

호랑과 나머지 사장들, 잔뜩 심란해서 바라보는데

[cut to]

단속반 1, 2가 바닥에 장바구니 2개를 탁 내려놓는다. 나머지 장바구니에는 어묵, 햄, 냉동식품이 담겨 있다. 그 모습 보는 사장들, 당혹스러운데

단속반1   유통 기한이 경과한 제품을 이렇게 많이 진열하시면 어떡합니까? 식품위생법 제44조 위반입니다.

모두   (놀람) 네??

태호, 흥분해서 바닥에 있는 장바구니로 달려가 뒤진다.

태호   이거, 제가 어제 반품용으로 빼놓은 거예요! 진짜예요!

단속반1   (까칠) 반품용으로 빼놓은 게 왜 진열대에 있습니까? 그것도 교묘하게 정상 제품 사이사이에 끼어 있었어요.

영민   선생님 ~ 담부턴 잘 챙길게요. 이번 한 번만 봐주시면 안될까요?

단속반1   단순 실수라고 보기엔 위반 제품이 지나치게 많습니다. 내일 경찰 조사 받으러 오세요.

호랑   경찰 조사요?!!!!!

이준   (덜덜 떠는) …저희 잡혀가요?

단속반2   아마 영업정지 나올 겁니다. 자세한 건 경찰서 가서 들으세요.

태호	(열받) 아, 제보했다는 인간 누구예요? 이름 대요!!
단속반 2	공익제보자는 보호하는 게 원칙입니다. 적발된 식품들은 저희가 가져갑니다. (장바구니 갖고 가는)

다들 충격에 휩싸여 아무 말 못 하고 얼음처럼 서 있다.

상우	(얼떨떨) 이상해요. 반품 우유들, 분명 밖에 내놨는데…
호랑	(생각에 잠기다가) 오늘 매장에 있었던 사람~
모두	(손 안 든다) ….
영민	(불안) 우리 없을 때 무슨 일 있었나 봐….
태호	(짜증) 영업 정지면, 멀쩡한 물건 두고 장사하지 말라는 거잖아!
예림	장사 못 하면, 신선 식품들 어떡해요?
호랑	신선 식품?

호랑, 채소 매대 옆으로 간다. 플라스틱 박스에 담긴 시든 채소들을 본다. 이상하다. 들고 사장들에게 갖고 온다. 사장들과 예림, 의아해하며 보는데

호랑	폐기할 채소들은 반품 박스에 그대로 있어.

이준, 뭔가 생각났다는 듯이 해산물 코너로 간다. 멀리 서

서 사장들에게 외치는

이준   폐기할 생선들도 그대론데? (하며 온다.)

호랑   유통기한 날짜가 적혀있는 물건만 노렸어.

사장들   뭐?

예림   누가 일부러 섞어놓은 거 같아요.

태호   아 어떤 새끼야~!!

그때, 밖에서 천둥 번개가 치고, 마트가 정전된다. 사장들,
주변을 둘러보는데 상우, 마트 입구 바닥에서 뭔가를 본
듯 걸어간다.

상우   (멈춰서 마트 바닥 보며) 형들 와 봐요.

사장들 와서 보면, 태호가 그린 초상화가 바닥에 찢겨 있다.

상우   태호 형이 그린 그림을 누가 찢어놨어요….

태호   아씨~~ 내 작품~.

모두 바닥에서 찢긴 초상화를 보고 있는데, 상우의 시선
이 원래 초상화가 붙어있던 벽으로 이동한다. 움찔 놀라는
상우

상우   이거 뭐예요?

상우가 가리키는 벽 쪽을 보는 호랑, 태호, 이준, 영민. 각각 놀라는 얼굴. 또 한 번 천둥 번개가 번쩍이며 벽에 붙어있는 종이를 비춘다. '보람마트 증여 계약서' 사본 위에 빨간색 글씨. '마트 내놔!!!!'

7화 엔딩

울고 파...

Episode
8

S#1. **보람마트 안, 밤**

천둥 번개가 번쩍이며 벽에 붙어있는 종이를 비춘다.

'보람마트 증여 계약서' 사본 위에 빨간색 글씨.

'마트 내놔!!!!'

호랑, '증여 계약서'를 떼어낸다. 옆으로 모여드는 사장들과

예림, 함께 보는데,

영민   '마트 내놔'? 이건 뭘까?

상우   (계약서 보며) 보람마트 증여 계약서? 형들 뭔지 알아요?

호랑   (심각하게 보는) 처음 봐… 윤 대표가 잃어버렸다고 했어.

예림   (계약서 보며) 여기 내용 이상한데~ 거기 빨간 밑줄이요.

모두 예림의 말대로 빨간색 밑줄 친 부분을 보면,

이준   (밑줄 부분 읽는) 영업 정지 또는 과징금 처분을 받을 시… 부
          동산 증여 계약은 해제되고…. 헉!!! (사실 뜻 모름) …뭔 말이
          야? 여기 공부 잘했던 사람~.

예림   (팔짱 끼고 듣다가) 사장님들이 받은 보람마트를 원래 주인
          에게 돌려줘야 한다는 거예요.

태호   뭐? (짜증) 그런 게 어딨어~~~.

호랑   (눈빛 이글이글) 계약, 윤 대표가 했잖아. 그 인간이 알겠지.

S#2. MSG 엔터 사무실, 밤

호랑이 문을 거칠게 열고 들어간다. 이제 막 퇴근하려고
양복 상의를 입고 나오던 민수가 흠칫 놀라며 호랑을 본다.
호랑, 매서운 눈빛으로 성큼성큼 걸어오는데,

민수　(갑작스러운 상황에 불쾌) 이 시간에 연락도 없이, 뭐냐?

호랑　(다짜고짜) 계약서 잃어버렸다면서요. 그게 왜 마트에 붙어
　　　있어요?

민수　(안 놀란다. 무심하게) 찾았으니 다행이네.

호랑　(어이없다) 다행? 영업 정지 받으면 계약 무효라는데, 그게 대
　　　표님한텐 다행입니까?

민수　그러게 조심했어야지~ 내가 경고했잖아. 천 원짜리 커피 캔
　　　아낄 때가 아니라고. 아, 내가 먹은 커피는 유통기한 안 지
　　　났지?

호랑　(어이없어 실소) 유통기한 때문인 건 어떻게 알았어요?

민수　(순간 당황하고는 말 돌리는) 아니, 영업정지라니까 뻔하지. (귀
　　　찮다는 듯) 난 아무것도 몰라. 가라.

호랑　(욱하지만 참는) 그럼 저희랑 계약했던 광고주 연락처 줘요.
　　　저희 억울하게 당했는데 그분이랑 얘기를 좀…

민수　[OL] 이미 돌아가셨어.

호랑　네??

민수　보람 음료 회장 말이야. 몇 년 동안 병원에 누워 있다가 돌

아가셨대. 얼마 안 됐어. 야 최호랑, 그 정도 했으면 됐잖아?
뭐 이리 진심이야?

호랑   (암담하다. 겨우 입을 뗀다) 보람마트는… 우리 멤버들을 다시
모이게 해준 곳이에요. 마트 지키려고, 제 적금 깨고, 중장
비 기사 꿈도 포기했습니다.

민수   (할 말 없어진다.)

호랑   보람마트는, 썬더보이즈가 5년간 열심히 활동했단 증거예
요. 그리고 그 시간 속엔, 현이도 있어요.

민수   (호랑 외면하며) 아무리 그래도, 난 도와줄 게 없다. 최호랑.

호랑   (원망스럽게 보다가) 두고 보세요. 저흰 보람마트 지킬 겁니다.

결연한 호랑의 표정에서, 부제.

「사장돌 마트」 08. 울고 파…

S#3.   **경찰서 외경**(다음날, 낮)

S#4.   **경찰서, 낮**

호랑과 태호, 둘 다 말없이 침울한 표정으로 경찰서 소파
에 나란히 앉아있다.

태호	(힘 없이) 윤 대표는 뭐래?
호랑	(역시나 힘 없이) 놀라지도 않아. 이미 다 알고 있더라.
태호	(놀람) 어떻게 알았지? (깨닫고) 헐 소름… 뒤에 누가 있네~.

그러던 중에 경찰 1이 지나가다 아는 척 한다.

경찰1	어? 사장님들 또 오셨네? (태호 보며) 또 유리문 깼어요?
태호	(억울) 또라뇨~ (하지만 말할 기운이 없다) 누명 썼어요.
경찰1	(놀리듯) 또 술 드셨구나?
태호	(말을 말자 싶은) 하… 그래도 한 번 봤다고 반가웠는데, 반가운 거 취소. (삐짐)
호랑	(태호 보고 어이없다) 하여간 신태호. (조심스럽게 경찰 1에게) 저 혹시… 마트에서 영업 정지 맞으면 어떻게 돼요?
경찰1	사장된 지 얼마 됐다고 벌써요? 그거 한 15일 나올 텐데?
태호	(놀람) 15일이요? 안 돼요~~ 저희 타격이 너무 커요.
경찰1	근데 영업 정지가 문제가 아녜요. 3,000만 원 이하 벌금도 있어요.
호랑	(깜짝 놀란다) 벌금이요?

호랑과 태호, 깜짝 놀란다.

S#5. 보람마트 안, 낮

이준, 카운터에 앉아 주변에 누구 없나 살펴보고 핸드폰을 들여다본다. 놀랍고 믿기지 않는 듯 화면을 보는데. 받은 DM이 띄워져 있다.

에이전시   [E] '크리에이터 에이전시입니다. 쭈니 J 콘텐츠 보고 연락 드렸어요. 저희 회사 소속으로 계약하고 싶은데, 전화 부탁 드릴게요. 010…'

이준, 얼떨떨하다. 망설이다가 번호를 입력하는데, 010…

영민   (어느새 눈앞에 와서) 전화 안 왔어?

이준   아우 깜짝이야~~ (하면서 손에 있던 핸드폰을 바닥에 떨어뜨린다) 너 바뀐 스타일 적응이 안 된다.

영민   (창밖 보며) 호랑이 태호, 둘만 보내서 미안하네. 수갑 차고 있는 거 아냐? (이준 보고) …오면 두부 멕여야겠지?

이준   어디 깜빵 갔다 오냐? (하면서도 걱정) …전화해 볼게.

하고 바닥에 핸드폰을 주우려는데, 그 옆에 자신의 고프로 카메라가 있다.

이준   (반가운) 어! 이거 어디 갔나 했더니 여기 있었네~.

하고 고프로 집어서 보는데, 그 모습 보던 상우, 뭔가가 생
각났다.

상우   저희 매장에 CCTV 또 없어요? 입구 껀 고장 났고. 다른
          거 없나?
이준/영민   (생각 못 했다) 어?

그때, 카운터 옆에 서서 영수증을 정리하고 있던 예림. 하
던 일을 멈추고,

예림   맞다! 왜 CCTV 생각을 못 했지?
이준   (매장 천장에 CCTV 가리키며) 저건 딱 봐도 페이크고.
영민   (궁금) 페이크? 짭이라고?
예림   (사장들에게) 우리 보람마트를 뭘로 보는 거예요~ 저희 짭
          안 써요.
상우   (반가운) CCTV에 증거가 있을 수도 있겠네. 저거 어디서 확
          인해요?
예림   따라오세요.

S#6.   **식당, 낮**
테이블 위에 뜨끈뜨끈 김이 나는 국밥 두 그릇과 숟가락,

젓가락이 차려져 있다. 차려져만 있을 뿐, 국밥 앞에 앉아
있는 호랑과 태호는 멍하니 허공만 보고 있고 누구도 수저
를 뜰 생각을 안 한다. 그렇게 말이 없던 둘, 태호가 먼저
입을 뗀다.

태호   (짜증) 아 무슨 또 벌금을 내래 하… (호랑 쪽 보며) 애들 놀랄
        텐데… 어떻게 얘기하냐…

호랑   (여전히 허공에 시선) 이제야 내 심정 이해 가냐?

태호   뭐가?

호랑   (태호 보며) 아무리 팀 내에서 비밀이 없어야 된다고 해도. 애
        들한테 나쁜 소식은 차마 말 못 해.

태호   그럼 지금까지 입 꾹~ 다물었던 게 다 나쁜 소식이었냐?

호랑   내가 언제?

태호   인터뷰 촬영 멋대로 취소한 거. 5년 전에 해체하자고 했던 거.

호랑   (시선을 외면한다. 대답하지 못 한다.)

태호   (또 답답하다) 이봐. 또 사람 답답해 미치게 하지. 밥이나 먹
        어. (하고 숟가락 뜨려는데)

호랑   [OL] 미안했어.

태호   (뜻밖의 사과에 숟가락 들다가 멈칫하고 호랑을 본다.)

호랑   인터뷰 촬영, 일방석으로 취소해서… 너 TV 나가고 싶었던
        거 아는데… 미안했다.

태호   (숟가락 놓고 괜히 민망해서) 야, 이렇게 번개 사과한다고?

호랑	우린… 번개 소년, '썬더보이즈'니까.
태호	야!! 유딩들도 그런 개그 짜증 낸다니까.
호랑	노력할게.
태호	그래! 노력해서, 그런 개그 하지도 마.
호랑	아니~ 비밀 없도록 노력한다고. 우린 한 팀이니까.
태호	(마음이 따뜻해진다) 그래~ 아무리 나쁜 얘기도, 털어놓고 얘기하면 해결할 수 있어. 야! 이 형아가 다 해결해 줄게! (의기양양) 내가 애들한테 다~ 얘기할게! 대신!!
호랑	(태호 보면)
태호	국밥은 네가 계산해라. (하고 숟가락 들어 와구와구 국밥 먹는)

그런 태호를 보며, 귀엽다는 듯 피식 웃는 호랑.

S#7.   **보람마트 창고, 낮**

액자가 걸린 벽 밑에 나무로 짠 장이 있다. 예림이 양 문을 열자, 그 안에 모니터와 녹화기 본체가 나온다.

이준	(신기) 이 속에 모니터가 있었어? 몰랐네.
상우	(감탄하며) 역시 마트 선배 맞네~.

모두 옹기종기 앉아 신기해서 보는데. 예림이 전원을 켜고

키보드로 이것저것 누르자, 두 화면에서 하나는 블랙. 나머지 화면에서 매장이 나온다.

이준/영민/상우   우와~~

예림   (화면 보며) 보세요. 팔순 잔치 시작했을 때, 매장 화면이에요.

사장들 모두 화면에 집중한다. CCTV 화면이 텅 빈 마트를 비추고 있다.

영민   (보다가 실망하며) 그래 아무도 없네. 다 잔치에 가 있었잖아.

예림   (화면 보며) 잠깐만요!! 누가 와요.

모니터에서 검은 모자를 눌러 쓴 한 남자(지욱)가 매장에 나타난다. 사장들 모두 숨소리도 멈추고 집중해서 본다. 곧장 CCTV 카메라로 오는데,

이준   (극도의 긴장. 무서워 뒷걸음칠) 어어~~ 왜 일루 와? 오지 마~~.

화면 속 남자, 주머니에서 야구공을 꺼내 CCTV 카메라 렌즈를 향해 던진다. 그 순간,

호랑   [E] (창고 문을 확 열며) 뭐해?!

이준/영민   (깜짝 놀라) 아 깜짝이야~~.

모니터 화면 양쪽 모두 블랙이 된다. 창고 안에 들어선 호
랑과 태호. 무슨 상황인가 어리둥절해서 보는데. 사장들과
예림, 놀란 가슴 진정시키면서 블랙이 돼버린 화면을 바라
보고 있다.

이준   (여전히 놀란 가슴) 저놈 뭐야~~ 사이코 아냐?
상우   (여전히 화면에 시선) CCTV 위치를 미리 알고 던진 거예요.
영민   (흥분) 저놈이 범인이야! 일부러 부순 거야. 저놈.
예림   근데 모자 땜에 얼굴이 안 보여요.

호랑과 태호, 그들 옆에 앉으며

호랑   무슨 얘길 하는 거야? (모니터 가리키며) 이건 뭔데?
상우   (호랑에게) CCTV 모니터예요. 팔순 잔칫날, 매장에 누가 있
        었어요. 아무래도 영업정지, 누가 꾸민 일 같아요.
태호   (얘기 듣고 흥분) 어떤 쥐새끼 같은 놈이야~ 면상 좀 띄워 봐.
호랑   (심각해지더니 화면 보며) 그래, 다시 좀 보자.

하는데, 모니터 화면이 꺼지고, 창고 안의 모든 전기가 꺼
진다. 두리번거리는 사장들.

영민   또 정전이야?!

S#8.   **보람마트 안, 낮**

호랑과 사장들, 예림이 창고에서 나오는데 매장엔 불이 켜져 있다.

이준   어? 매장엔 불 들어오는데?

그때 사장들, 마트 입구를 보고 시선이 멈춘다. 문 앞에 낯선 남자들이 가득하다. 30~40대로 보이는 작업복 차림의 덩치 좋은 남자들 4~5명. 양복을 입은 변호사. 그들의 맨 앞에 날카로운 눈빛으로 사장들을 보고 있는 지욱이 있다. 호랑, 직감적으로 그들이 손님이 아님을 눈치챈다. 앞장서 남자들에게 다가간다.

호랑   (경계하며) 어떻게 오셨죠?

지욱   (나서서. 껌을 씹고 있다) 손님한테 원래 첫마디가 그래?

호랑   (지욱과 눈빛이 부딪힌다. 수그러들며) 찾으시는 거 있으세요?

지욱   (입으로 풍선 불며) 찾는 거? 보람마트. (정색하고) 마트 내놔.

호랑, 얼굴이 돌변한다. 그때, 옆에 있던 태호가 지욱을 알아본다.

태호	어 수산물 도매상! 아니, 사기꾼 아니에요?
이준	(긴가민가) 어? 고등어 손님 맞죠? 아 소금 간도 했는데 노 쑈했잖아요?
지욱	(전혀 표정 변화 없다) 그래서, 어쩌라고?
태호	(주눅 들지만 용기 내서) 우리 돈 120 내놓으라고요~ 당신, 박 수남 맞죠? 핸드폰에 계좌이체 내역 다 있어요~.
지욱	(태호에게 다가가며 서늘하게) 나 박수남 아닌데? 그 돈 받은 사람, 경로당 박수남 회장님인데. 너 기부한 거야. (히죽히죽 웃는)

어쩐지 그의 기운에 주눅 드는 사장들. 호랑은 지지 않고 지욱을 쏘아본다.

호랑	누구시냐고요.
지욱	(헛웃음 치고, 뒤의 남자들에게) 여기 신경 쓰지 말고 작업하 세요.
남자들	네!

작업복을 입은 남자들이 뿔뿔이 흩어져서 마트 바닥과 벽 여기저기를 살펴보고 줄자로 치수를 잰다. 이 모습을 지켜

보고 당황해하는 사장들.

영민   (나서며) 저기요. 일단 얘기 좀…

지욱   [OL] 어제 계약서 못 봤어? 영업정지 먹었으니까, 계약서대
            로 (버럭) 꺼지라고!

사장들   (모두 놀란다.)

그때, 지욱 옆에 있던 변호사가 나선다.

박변호사   (드라이하게) 영업정지가 내려지면 증여 계약서 조항에 따
            라, 마트 소유권은, 토지 소유주인 이지욱 사장님께 돌아갑
            니다.

호랑   (놀람. 지욱을 보며) 토지 소유주?

지욱   (날카로운 눈빛으로 사장들을 본다) 땅 주인이 나가라면 나가~

태호   (용기 내서 도발) 우리 쫓아내서 뭐하게? 마트 장사 아무나
            하는 줄 알아?

지욱   (어이없어 웃음) 누가 장사한대? 마트 싹 밀고 건물 세울 건
            데?

사장들   (놀란다.)

지욱   저쪽에 불 하나 꺼졌지? 오늘부터 두꺼비집 하나씩 내릴
            거야. 오늘 하나~ 내일 또 하나~.

그때, 저 멀리에서 전기 드릴 소리가 난다. 두꺼비집 뒤로 두꺼운 나무 판넬이 박힌다. 다들 분하지만 이러지도 저러지도 못하고 바라만 보고 있다.

지욱   어차피 장사는 끝났어. 마트 정리하고 떠나! 그럼 이사비는 챙겨준다.

사장들   (혼란스럽다)

이준   (그 와중에 궁금) 이사비는 얼만데요?

사장들   (일제히 이준을 보며 눈치 주는데)

박변호사 (지욱 뒤에서 슬쩍) 사장님, 혹시 모르니 CCTV 하드 확인하시죠.

지욱   (잊고 있었다) 아! 그렇지.

사장들, 서로 눈치 보는데. 예림이 나선다.

예림   이런 마트에 CCTV가 왜 필요해요? 천장에 달린 거 페이크예요.

지욱   (픽 웃고) 여긴 뭐 알바생도 나대?

그러다 창고로 시선이 간다. 사장들 예림, 긴장하는데. 지욱, 성큼성큼 창고로 간다.

상우   (걱정스럽게 호랑에게) CCTV 뺏기면 안 되는데 어떡하죠?

S#9.   **보람마트 창고, 낮**

사장들이 문을 열어본 곳에 지욱의 뒷모습. 지욱, 창고에 걸린 사진을 보고 있다. 뚫어져라 사진을, 특히 현이를 보고 있다. 뒤에서 사장들이 들어오는 인기척이 들려도, 눈치 채지 못하고 사진만 보는 지욱. 호랑은 지욱이 왜 자신들의 사진을 그렇게 보고 있나 의문스럽다. 지욱, 다시 사진으로 시선을 돌린다. 짜증이 밀려온다.

지욱   하 씨… 창고에 살림 차렸나 씨…

호랑   (여전히 지욱의 표정을 살피는데. 알 수 없다.)

지욱   (뒤돌아) 내일 와서 스위치 또 내린다. (밖에 있는 작업자들에게 들리도록) …갑시다!! (하고 나간다.)

S#10. **보람마트 입구 밖, 낮**

사장들이 마트 입구를 바라보고 있다. 그저 망연자실. 매장 밖 유리문 양쪽에 빨간 스프레이로 흉물스럽게 글씨가 써져 있다. '영업 정지', '철거 예정'. 영민은 다리에 힘이 풀려 그 자리에 주저앉는다. 그때 뒤에서,

도윤	[E] 사장님,
사장들	(뒤돌아 도윤을 본다.)
도윤	(빨간 글씨 읽으며) 영. 업. 정. 지? 저게 무슨 말이에요?
호랑	(차마 대답하지 못한다.)
태호	(감정 누르며) 이제 라면, 못 팔지도 몰라.
도윤	(뭔가 침울해진다. 그러다) 그럼… 짜장 라면도 안 팔아요?
태호	(대답하지 못하는데)

그 순간, 호랑이 울분에 가득 찬 얼굴로 입고 있던 후드 상의를 벗으며 마트 유리로 성큼성큼 걸어가더니 옷으로 로커 글씨를 막 문지른다. 네가 이기나 내가 이기나 보자는 듯이 문지르지만 글씨는 꿈쩍도 안 한다. 문지르던 동작을 멈추고 깊은 한숨을 쉬며 유리문에 머리를 기댄다. 흉물스러운 빨간 글씨 앞에서 사장들과 예림, 말없이 그저 고개만 숙이고 있다.

S#11. MSG 엔터 사무실, 낮

심각한 얼굴로 전화받고 있는 민수.

민수	(전화 통화) 아, 그러셨군요. 빨리 진행하시면 저도 좋죠. 하하 (어색하게 웃다가) …아 사장들 정보요? 네 잘 알죠. 박 변

호사님 오시면 다 말씀드리겠습니다. (하고 끊는) 하… 또 무
슨 일을 꾸밀라 그래….

그러다 핸드폰으로 호랑이 연락처를 찾는다. 누르려다 마
는.

S#12. **보람마트 안. 낮**

나무 판넬로 못질 된 두꺼비집 앞에서 눈가를 훔치고 있는
(눈물 흘리는 건 아님) 영민. 그런 영민의 등을 토닥여주면서
도 긴 한숨을 내쉬는 상우.

[cut to]

해산물 코너. 소금만 가득 들어있는 스티로폼 박스에서 이
준, 넋 나간 표정으로 괜히 허공에다 대고 힘없이 소금 간
스냅을 한다. 그러다 고개를 숙이고 한숨.

[cut to]

태호, 카운터에 앉아 고개 숙이고 있는데, 그의 손에 복순
할매에게 붙여줬던 스티커들이 있다. 허탈한 눈빛으로 그
저 스티커에만 시선. 그런 태호에게 차마 말을 걸지 못하는
예림. 채소 매대에 서 있는 호랑을 걱정스럽게 보는데,

[cut to]

호랑, 매대 위에 있는 채소 중 고구마를 본다. 그러다 고개를 들어 마트 전체를 눈에 담고 싶은 듯 둘러본다. 마트를 살릴 방법이 떠오르지 않는다. 암담하다. 그때, 마트 문을 열고 들어오는 진성마트 사장. 화려한 남방에 '진성마트 사장' 올드한 명찰 달고 미소 한가득. 문 소리에 손님인가 싶어서 나와보는 영민, 상우, 이준, 태호, 예림.

진성 사장   아유~ 밖에 글씨가 멋지네~~.

태호   놀리러 왔어요?

진성 사장   아니, 걱정돼서 왔지~ 여기서 또 손님들한테 유통기한 지난 거 팔까 봐. (능글능글) 최 사장, 혹시 마트 정리하게 되면 연락 줘.

호랑   (떨떠름) 왜요?

진성 사장   남은 물건 나한테 싸게 넘기라고. 버리면 뭐해~ 난 싸게 사고, 여기 사장들은 돈 벌고. 좋잖아?

이준   (완전 짜증) 지금 초상집에서 잔치해요? 가세요!!

진성 사장   (개의치 않고 예림에게) 예림 양~ 여기 마트 닫으면 진성으로 와.

예림   (진성 사장에게) 백수 돼도 거긴 안 갈 거거든요?

그때, 아줌마 손님 2명이 들어온다.

손님1	(놀라며) 밖에 시뻘건 글씨 뭐야? 이제 장사 안 해요?
영민	(당황) 아 그게요…
진성 사장	(홀랑 이르는) 유통기한 지난 물건 팔다가 걸렸대요.
손님2	어머. 믿을만한 마튼 줄 알았더니. (짜증) 이제 어디서 장 봐~.
진성 사장	손님들~ 앞으로 찬거리는 진성마트가 책임지겠습니다. 저희 마트로 가시죠. 허허. (아줌마들 안내하면서 가는)

손님 1, 2 진성 사장 따라나간다. 그 모습 노려보는 이준

이준	저 진상! 영업정지 맞기만 해~ 나도 가서 똑같이 해준다!
태호	(분을 참고 있다가 울분 폭발) 아우씨… 손님들 잡으려고우리가 얼마나 고생했는데!
영민	(침울한) 도매상 말리려다 상우 손 다치고, 고등어 연습한다고 이준이 밤새고… 호랑이 태호는 방송국까지 갔다 왔잖아. (마트 둘러보며) 그렇게 여기까지 왔는데… 우리 진짜 나가야 돼?
상우	(속상) 방법이 없을까요. 제가 고민 안 하고 5년 만에 한국에 온 건 형들이 불러서예요. 마트가 사라지면, 제가 온 이유도 사라져요.

멤버들의 얘기를 듣던 호랑, 막막하고 가슴이 답답하지만,

괜찮은 척.

호랑	안 뺏겨. 우리가 잘못한 게 아니잖아. 무슨 일이 있어도. (전화가 온다. 받는) 네. 박 사장님… 지금요? 알겠습니다. (전화 끊는) 박 사장님 가게 가봐야 할 거 같아. (나가려는)
태호	(예민) 넌 이 와중에 거길 가냐?
호랑	우리 평소처럼 일하자. 나도 방법, 찾아볼게. (하고 나가는)
태호	(서운한) 참나.
예림	(분위기 달래려) 그래요. 이러고 있지 말고, 우리 기운 내서 각자 방법 찾아봐요.

사장들, 고개 끄덕인다.

S#13.　　**박씨네 청과, 밤**

호랑, 앞에 고구마 열 박스가 쌓여있다. 의아해서 박 사장 보면,

박 사장	어렵게 열 박스 빼놓은 거야. 갖고 가서 팔아.
호랑	(놀람) 이거 주시려고 부르셨어요?
박 사장	일한 값 줘도 안 받으니까! 나 공짜 싫어하는 장사꾼이야.
호랑	(힘 없이 웃으며) 전 공짜 좋아하는데… 감사하지만, 안 받겠

습니다.

박 사장   왜?

호랑   사실… 영업 정지 받았어요. 반품 관리 철저히 한다고 했
       는데도… 제가 부족해서 그런가봐요.

박 사장   (안타깝지만 일부러 큰소리로) 장사할 날이 구만린데 영업 정지
       하나 갖고 죽는 소리야? 나는, 사기꾼 식파라치 놈들이 고구
       마 박스에 돌멩이를 넣어놓고 신고해서 엄청 고생했다고.

호랑   (놀람) 그래서 어떡하셨어요?

박 사장   내가 당할 사람인가?! CCTV 뒤져서 다 잡았지.

호랑   아… (생각에 잠긴다.)

상우   [E] CCTV 모니터예요. 팔순 잔칫날, 매장에 누가 있었어요.

S#14.   **보람마트 창고, 밤**

캄캄한 창고의 문을 열고 핸드폰 라이트를 켜고, 호랑이
들어간다. 나무 장을 열고 모니터와 녹화기 본체를 확인한
다. 통째로 가져가기로 결심하고 본체를 빼내는데 뒤에 파
워 선이 걸린다.

호랑은 파워 선을 빼내려 콘센트에 핸드폰 라이트 비추는
데, 벽에 손잡이가 보인다.

호랑   (의아한) 이게 뭐지…?

[cut to]

선반들은 옆으로 치워져 있다. 호랑은 사각 벽을 라이트로 비춰보고 있는데, 여기는 벽이 아니라 문이다! 라이트를 손잡이에 비추면, 그곳에 번호 자물쇠가 채워져 있다. 호랑은 무심히 0. 0. 0. 0을 입력한다. 조심스럽게 자물쇠를 잡아당기는데! 그 순간, 창고 문이 확 열리고 누군가 호랑의 얼굴에 핸드폰 라이트를 비춘다.

태호   (본인도 놀랐다) 아 깜짝아~ 여기서 뭐해~.

호랑   (가슴을 쓸어내린다) 나야말로 기절초풍했다. 이 밤에 왜 왔냐?

태호   밖에 빨간 글씨 때문에 손님 싹 끊겼잖아. 울화통 터져서 지우려고 왔지.

호랑   잘 왔다. 와서 모니터 좀 들어줘.

호랑이 라이트를 비추고 태호가 구시렁거리며 모니터를 꺼내고 있다. 그러다 호랑은 나무 장 옆문을 본다. 저 문 안에… 뭐가 있을까….

S#15.   예림의 집 거실, 밤

예림, 머리에 구르프를 말고 잠옷 차림으로 화장실에서 나오는데 집 밖 대문에서 사박사박 소리가 들린다. 헉, 무슨 소리지? 잘못 들었나… 싶어서 소파에 앉는데 마당에서 수상한 소리가 난다. 예림, 핸드폰을 든다.

예림   (전화 통화) 112죠? 저희 집에 도둑이 들었어요….

[cut to]
거실 벽에 서서 전화 통화하고 있는 예림

예림   (굽신굽신) 죄송합니다… 아 장난 전화가 아니고요. 정말 도둑인 줄… (한숨) 죄송합니다.

예림, 전화 끊고 옆을 보면 바닥에 상을 깔고 그 위에 CCTV 모니터와 하드 놓고 심각하게 상의하는 사장들. 진지한 표정에 비해 정작 화면엔 아무것도 안 떠있다.
그때 호랑, 미안한 얼굴로 예림 보면서.

호랑   예림아, 이 밤중에 미안해서 어떡하냐. 내 방에서 봐도 되는데…

예림   두 명 들어가면 꽉 차는 방이잖아요. 같이 보자고 하면 되지, 도둑 든 줄 알았다고요~.

태호   (미안한) 아 그랬어? (이준 영민에게 버럭) 이것들은 무슨 닌자야?! 너네 그렇게 도둑처럼 다닐래?

영민   (태호 보며) 어어? 예림이 깬다고 조심히 들어가라며~.

태호   (당황)

이준   나한텐 뭐라고 하지 마. 난 쿵쿵 소리 내면서 당당히 들어
         온 사람이야. 아 CCTV 지키려고 모인 건데 뭐 어때~.

상우   (웃으며) 그래도 마트 걱정돼서 이 밤중에 다 모였네요.

호랑   (미소) 우리 마트 지켜야지. (예림 보며 머쓱하게 웃으며) 예림
         아, 부탁해.

         [cut to]
         예림이 키보드를 탁탁 누르고, 사장들 모두 집중해서 모니
         터를 보고 있다. 남자(지욱)가 공을 던지고, 화면이 블랙이
         되는 순간, 모두 아쉬움에 한숨을 쉬는데,

호랑   (뭔가 본 듯) 잠깐! 다시 앞으로 가서, 남자가 던질 때 멈춰 봐.

         예림이 화면을 조정하자, 남자가 다시 CCTV 앞으로 오는
         장면이 나온다. 뭔가를 던지려 고개를 드는 순간 화면을 멈
         추는 예림. 남자의 얼굴이 슬쩍 보인다.

사장들   어!!! (동시에) 땅 주인!

호랑   그 남자… 팔순 잔칫날 마트에 아무도 없을 때 왔었어….

영민   어우 소름….

태호   (화면 보며 열불 나는) 얘 백퍼네.

이준   창고 들어갈 때도 알고 들어가는 거 봤지? 한두 번 온 놈 이 아니라니까.

상우   근데 애매해요. 더 확실한 증거가 있어야 할 텐데.

이준   이왕 시작한 거 증거 나올 때까지 밤새 뒤져보자~ 니들 자 기만 해~~.

영민   (결연한) 그래~ 잠은 죽어서나 자는 거~.

S#16.   예림의 집 앞 외경 (다음 날, 이른 아침)

S#17.   예림 집 거실, 이른 아침

다음 날 이른 아침. 이준이 소파에 앉아 세상모르고 자고 있다. 이준의 무릎 위에 다리를 올려놓고 그 옆에 누워서 곯 아떨어진 영민. 바닥 상 위에는 CCTV 화면이 나오고 있다. 상우가 앉아서 꾸벅꾸벅 졸고 있다. 호랑이 세수하고 손에 수건 든 채 화장실에서 나오는데, 예림이 현관에서 나가며,

예림   아우, 손 많이 가는 사장님들… 컵라면 사 올게요. (하고 나 간다.)

호랑	(그런 예림 보며) 안 그래도 되는데… 고마워.
상우	[E] 형 일어났어요?
호랑	(상우 보며) 깼어?
상우	(고개 젓고, 뒤돌아 형들 자는 거 보고 웃음 나는) 이렇게 다 같이 잔 거 진짜 오랜만이에요. 근데 태호 형은요?
호랑	이 와중에 식재료 배달 갔어. 사장님들이랑 정이 단단히 들었나 봐.

호랑, 상우 옆에 앉는데. 그들 뒤, 소파에서 자던 이준이 슬며시 잠에서 깨 눈을 뜬다. 그 앞에서 호랑, 주머니에서 봉투를 꺼내 상우에게 내민다.

| 호랑 | 이거 받아. |

상우, 호랑이 내미는 봉투를 받아 안을 확인한다. 돈이 들어있다. (5만 원권 8장 정도.)

상우	(놀라며) 웬 돈이에요?
호랑	네 오디션 지원서 내가 대신 냈어.
상우	형!! 마트가 이 난린데 무슨 오디션을 나가요.
호랑	마트는 신경 쓰지 말고, 오디션 준비해. 네가 음악하는 거 응원해 주고 싶어. (봉투 보며) 이 돈으로 오디션 때 입을 옷

한 벌 사.

상우   (미안한) 형들은요….

이준, 뒤에서 지켜보다가 영민 다리 팽개치고 소파 아래로
내려오며

이준   (혹한) 무슨 오디션인데? 방송 나가는 거야? 나도 해볼까?

호랑   (이준에게) 우리 상우 노래 실력 썩히기 아까워서 그래. (웃음)
            너는, 쭈니 J나 열심히 해.

이준   (서운. 혼잣말) 나도 방송 나가고 싶은데….

그때 소파에서 어느새 잠 깬 영민이가 화면을 가리키며 외
친다.

영민   워어~~ 뭐여 저거~~.

호랑, 이준, 상우 일제히 화면을 본다.

S#18.   **중국집, 낮**

태호, 채소 박스 2개를 중국집 입구에 탁 내려놓는다. 나와
서 채소 받는 사장.

태호	(머뭇거리며) 사장님~ 이번 주가 마지막 배달이 될 것 같아요. (꾸벅) 죄송합니다.
중국집	(정작 덤덤한) 왜? 영업 정지 먹은 것 땜에?
태호	(놀람) 네? 어떻게…
중국집	벌써 소문 쫙 퍼졌어. 그래서, 행정사랑은 상의해 봤고?
태호	(어리둥절) 행정사요…?
중국집	행정 심판 청구해야지. 이대로 손 놓고 있을 거야?
태호	(눈만 깜박깜박) …심판이요? 그거 무서운 거 아니에요?
중국집	으이구… 있어 봐. 번호 알려줄게.

S#19. **보람마트 안, 낮**

매장 안의 불이 꺼진다. 사장들, 화난 표정으로 참고 있다.
그때 태호가 마트 안으로 뛰어들어오는데,

태호	애들아~~!! 중국집 사장님한테 대박 정보 들었어!!
지욱	(태호 보며) 뭔데? 나도 좀 알자.
태호	(지욱 보며 당황) 아니… 대박은 아니구….
지욱	(태호 보며) 뭐 또 꼼수 부릴 생각하는 거 같은데, 내일은 냉장고다. 딴 생각 말고 포기해.

태호, 화난 눈빛으로 지욱을 쏘아본다.

지욱, 그런 사장들이 우습다는 듯 보고 나가는데, 그 뒤에
대고 호랑,

호랑   혹시 최근에 장례 치르셨어요?
지욱   (나가려다가 걸음을 멈춘다. 크게 당황한다.)

당황한 지욱의 얼굴 위로 매장 유리문이 쩽그랑 깨지는 소
리가 난다.

S#20.   **플래시백 – 예림 집 거실**(오늘, 아침)

모니터 화면. 화면 속의 남자가 깨진 마트 문에 손을 넣어
문을 연다. 검은 마스크로 얼굴을 가리고 CCTV 카메라로
손을 가져온다. 그 뒤로 화면은 블랙.

호랑   잠깐! 방금 봤어?
상우   (어리둥절) 뭐요?

호랑, 키보드를 조정하자 남자가 CCTV로 다가오는 모습이
나온나. 카메라로 손을 가져올 때, 화면이 멈추고.

호랑   (화면 보며) 왼팔에 저거.

이준	(역시 화면 보며) 양복에 저런 디자인도 있나?

이준   (역시 화면 보며) 양복에 저런 디자인도 있나?

호랑   디자인이 아니야. …완장인 거 같아.

영민   (호랑을 본다) 완장?

호랑   (여전히 화면에 시선) 상복이야.

S#21.   **보람마트 안, 낮**

호랑, 당황해서 걸음을 멈춘 지욱 뒤에 대고,

호랑   얼마 전에, 돌아가신 가족 있으시죠?

지욱   (멈춘 그대로) 나 가족 없어! (하고는 나가려는데)

호랑   (도발) 그럼, 그날 왜 상복 입고 있었어요?

지욱, 멈춰 서 있다. 멈춰 있는 등에서 씩씩거리는 기운이
느껴진다. 태호, 무슨 말인지 의아한데. 호랑, 지욱을 매섭
게 보고 있다. 다른 사장들도 지욱을 살피며 보고 있는데,
뒤도는 지욱, 호랑을 보는 눈에 독기가 가득하나 입은 비웃
고 있다.

지욱   좀 한다? (호랑에게 다가서며) 근데, 누가 봐도 질 싸움에선
까부는 거 아냐. 봐줄 때, 조용히 꺼져!!

호랑   (감정 휘둘리지 않고 여유) 왜 흥분하지? 내 말이 맞나 보지?

지욱의 평정심이 무너진다. 분이 풀리지 않는 듯, 씩씩거린
다.

지욱   아씨… (주변 일행들을 향해 고래고래) 냉장고 스위치도 내
려!!!

사장들 모두 놀라며 당황해한다.

[cut to]
정육 코너 쇼케이스의 불빛이 꺼지고, 냉장고 소리가 멈춘
다. 놀라서 뛰어가는 영민, 쇼케이스를 두 손으로 매만지며
울분.

영민   (불 꺼진 쇼케이스 안 고기를 보며) 아니… 아부지가 보내주신
고긴데… 안 돼요… 안 돼요.

그 모습 본 상우, 공구 가방 가지고 가는 남자 일행들에게
외친다.

상우   냉장고 도로 켜요! 이러는 게 어딨어요~~.

그러나 남자들, 들은 척도 안 하고 간다.

[cut to]

불 꺼진 쇼케이스 앞에서 영민이 힘 없이 앉아 있다. 걱정하며 모여드는 사장들

상우   영민이 형 괜찮아요?

영민   (정육 쪽 보며 힘 없이) 밀봉 포장해서 고기 다 고향 집에 보낼라구….

태호   야, 걱정 마. 내가 방법 찾아왔어. 중국집 사장님이 그러는데, 행정 심판 받아보래. (핸드폰 꺼내 찾으며) 번호도 알려 주셨는데 변호사 말고 행정…

예림   행정사요?

태호   맞아! 행정사한테 우리 애기하면 영업 정지가 줄어들 수도 있고, 잘하면 무죄가 될 수도 있대.

호랑   (반색하며) 무죄?? 다시 장사할 수 있다고?

예림   전에 보니까 손님들 탄원서도 받고 그러더라고요?

상우   제가 탄원서 많이 받아올게요. 형들… 우리 헤어지지 말고 오래오래 같이 일해요.

이준   그래~ 내가 오래오래 웃겨줄게. (하고 다정하게 상우에게 어깨동무하며) 웃어~ 웃자~.

호랑   (망설이다가) 근데 우리… 영업 정지만 문제가 아냐. 벌금도 나올 수 있대.

이준/영민/태호   (놀람)

태호	안 좋은 얘기도 술술 하네? 의외다?
호랑	안 좋은 얘기해서, 니들 걱정시키는 게 싫어서 그랬어. 그래서 나 혼자 고민하고 해결하려고 했었는데…
나머지들	(호랑을 본다)
호랑	이젠 안 그럴게. 나쁘고 슬프고 추잡한 얘기도 다 털어놓을게. 같이 해결하자. 그럼 뭐든 할 수 있을 거 같아.

상우, 웃으며 호랑에게 어깨동무를 한다. 사장들과 예림, 미소를 지어본다.

이준	그런 의미에서 오랜만에… 기운 좀 받아볼까?
사장들	????
이준	우르르 쾅쾅!
사장들	(예림 눈치도 보이고 창피… 모두 딴 데 본다)
이준	(더 크게) 우르르 쾅쾅!
사장들	썬더보이즈!!
예림	(이 모습이 웃긴)
영민	(웃으며) 고기 좀 빼놔야겠다. 저녁에 회식하자. (한 잔 더 제스처 하며)

그때, 호랑의 핸드폰이 울린다.

호랑   (받고 놀라는) 네? 알겠습니다. 지금 갈게요. (사장들에게) 나
        박 사장님 가게 좀 가볼게. (뛰어가는)

S#22.   박씨네 청과, 밤

호랑이 부축해서 의자에 겨우 앉는 박 사장. 힘든 듯 가뿐
숨을 내쉰다.

호랑   (걱정스럽게 보다가 옆집 여사장에게) 어떻게 쓰러지신 거예
           요?

옆 가게   눈 온다고 산지에서 트럭들이 일찍 왔어. 박 사장님이 급하
아줌마   급하게 박스 내리다가 또 쓰러지셨지 뭐야. (박 사장에게) 최
           사장 왔으니까 전 가요. (하고 간다.)

박 사장   (심각하게 생각에 잠겨 있다.)

호랑   (박 사장에게) 전화 주시죠. 제가 일찍 왔을 텐데.

박 사장   영업 중에 사장이 어떻게 자리를 비우나?

호랑   (표정 어두워지며) 어제오늘 장사 못 했어요. 계속 이렇게 못
           할까 봐 걱정이에요. (그러다 박 사장 보며 힘 없이 웃는) 철없
           죠? 혼나도 싸요 저.

박 사장   (진지하게) 마트, 그만둘 수 있나? (하고 호랑 본다.)

호랑   (놀람) 네?

박 사장   내 가게 이어받아서 해보겠나?

호랑   사장님….

그때, 트럭의 경적이 울린다. 박 사장 가게 앞에 세워진 트
럭에서, 재촉하는 소리. 그리고 더 많은 눈이 내린다. 짐칸
의 채소 박스 위로 눈이 쌓인다.
호랑, 그 모습 보더니

호랑   채소 박스에 눈 들어가겠어요!! 얼른 들어놓을게요!!!

하고 우다다 트럭으로 달려가는 호랑. 그 모습 보는 박 사
장도 착잡하다. 무작정 눈을 맞으며 트럭 위로 올라가 채소
박스를 내리는 호랑.

S#23.   **보람마트 안, 밤**
예림, 퇴근 준비하고 태호에게

예림   사장님, 이따 눈 많이 온대요. 일찍 들어가세요.
태호   고마워. 예림아.

예림 인사하고 나간다. 이준, 영민, 상우 앉아서 우체국 박
스에 고기 포장하고 있는데 송 PD가 들어온다. 사장들 송

PD 보고 반가워하는데,

이준	(반가워한다) 백만 볼트 피디 님, 웬일이세요?
송PD	(머뭇거리면서) 사과드릴 게 있어서요. 저도 이 선배한테 어제 들었어요. 지난번 인터뷰 촬영 건은 죄송합니다.
태호	저희가 죄송하죠. 오셨는데 촬영도 못 하시고.
송PD	이 선배가 방송 컨셉을 그렇게 잡았을 줄 몰랐어요.
영민	컨셉이유? (순간, 팬 앞이다. 서울말 모드) 아, 컨셉이 뭐였죠?
상우	그날… 무슨 일, 있었어요?
사장들	(뭔가 좋지 않은 예감. 모두 송 PD를 바라본다)
송PD	(망설이다가) 이 선배가… 송현이 씨 얘기를 꼬치꼬치 물었나 봐요. 그 얘길 해야 방송에 나갈 수 있다고요.
사장들모두	(충격!!!)

S#24. **도매시장, 밤**

눈이 내리는 도매시장. 트럭에서 마지막 박스를 내린 호랑,
박스가 가득 쌓인 카트에 박스를 올리고 끈으로 고정시키
고는 서둘러 밀고 간다. 앞길에는 어느새 눈이 얼어있다.
그것도 모르고 카트를 빠르게 밀고 가는 호랑. 꽁꽁 언 빙
판길. 그 앞으로 호랑이 돌진해 온다.

호랑   [E] 그 얘길 꼭 해야 합니까?

S#25. **플래시백 – 보람마트 안**(인터뷰 촬영 당일, 낮)

호랑   (뇌 정지가 온 듯 멍한)

이 PD   저희가 짠 컨셉상 꼭 들어야 하는 얘기거든요.

호랑   (표정이 싹 변한다) 컨셉이요?

이 PD   사고로 멤버를 잃고 해체한 비운의 그룹이 이번 컨셉의 제
             목입니다. 송현이 씨는 어떤 멤버였죠?

호랑   (표정이 완전히 굳어졌다. 단호) 피디 님, 현이 얘기를 해야 한
             다면… TV 출연, 할 수 없습니다. 죄송하지만, 이렇게 거절
             하는 것조차 죄송한 마음이 안 듭니다. (라고 말하는 호랑의
             손이 떨리고 있다.)

S#26. **플래시백 1 – 방송**(현이 사고 당일, 낮)

             #5년 전, 가요 순위 프로그램 무대
             긴장된 표정으로 발표를 기다리는 다섯 명의 멤버들. 그 위
             로 MC 멘트

MC   [E] 썬더보이즈 대 빌런즈 과연 이번 주 쇼뱅크 1위는 누가
             차지할 것인지. 결과 함께 보시죠!

두근두근 긴장된 얼굴로 두 손을 모으고 모니터를 보며 결과를 기다리던 멤버들. 그때, 모니터 화면에 속보

['썬더보이즈' 송현이 폭설 교통사고 중태]

충격받는 멤버들 그 자리에서 얼어있다. 그 순간, 호랑이가 밖으로 뛰어나간다. 상우는 그 자리에 주저앉는다.

S#27. **플래시백 2 – 어두운 도로 갓길**(현이 사고 당일, 낮)
앰뷸런스 소리가 들려오는 도로 갓길 위에 유리 파편이 흩어져 있고 그 옆에 떨어져 있는 '사랑해요 송현이' 머리띠. 그 위로 눈이 펑펑 쏟아진다.

S#28. **보람마트 안, 밤**
송 PD는 이미 가버린 마트 매장 안. 사장들 모두, 송 PD의 애기에 가슴이 무너져 내린다. 그랬구나… 상우, 가장 큰 충격을 받는다. 그 자리에서 꼼짝도 할 수 없다.
그때, 태호에게 전화가 온다. 정신을 차리고 가까스로 전화를 받는데.

태호   (전화 받는) 네, 박 사장님. 네? 호랑이가요?

사장들 모두 태호를 보면,

이준   왜? 무슨 일이야?

태호   (정신이 없다) 호랑이 사고 났대! 눈이 너무 많이 와서 119가
       못 온대!

영민   (떨면서) …우리가 가야 돼… 가자! 호랑이한테!!

사장들 모두 벌떡 일어나 마트 밖으로 뛰쳐나간다. 맨 뒤에
서 상우가 마트 밖으로 뛰쳐나가려는 순간, 길 위에 온통
흰 눈이 쌓여있다. 본능적으로 뒤로 물러난다. 눈을 차마
밟지 못하는 상우. 용기 내서 한 발을 떼려고 하지만, 밟지
못한다. 앞서서 뛰어가는 형들을 바라본다.

[INS] 플래시백(2화)

이준   너 진짜 발리엔 왜 갔어?

상우   발리엔… 눈이 안 온다 그래서요.

상우, 이를 악물고 용기 내서 눈길 위를 한 발 두 발, 걸어
간다.

태호	[E] 호랑이 사고 났대! 눈이 너무 많이 와서 119가 못 온대.
민수	[E] 현이 사고 났대! 현이가 탄 차가⋯ 눈길에 미끄러져서⋯

두려움 가득한 눈빛으로 눈을 바라보는 상우. 그의 귀에 '끼익~~쿵' 하고 자동차 서로 충돌해서 구르는 소리만이 크게 들린다. 두 손으로 귀를 막으며, 더 달려가지 못하고, 상우는 뒷걸음질 친다. 그리고 그 자리에서 쓰러진다.

호랑NA	[E] 5년 전, 사고로 현이를 잃었던 그날 이후, 우리는 뭔가 고장이 났다.

S#29. **마트 앞 골목길**(현재. 밤)

눈 내리는 마트 앞 골목길을 질주하는 태호, 이준, 영민. 영민은 질질 울면서 달리고 있고, 이준은 걱정 가득한 표정으로 태호는 이를 악물고, 제일 앞에서 뛰어간다.

호랑NA	[E] 열심히 앞을 향해 달렸다고 생각해도⋯ 어느 순간 우리는⋯.

S#30.   도매시장(현재, 밤)

넘어진 카트 주위로 박스가 널브러져 있고, 빙판길에 누워 있는 호랑은 고통스럽게 뻗어있다. 눈에서 눈물 한줄기가 흐른다.

호랑NA   [E] 다시 5년 전의 그날로 돌아와 있다. 잠을 깨도 깨지 않는 악몽처럼….

8화 엔딩

울긴 왜 우럭

Episode
9

보람마트 창고, 밤

썬더보이즈 사진 액자가 바닥에 세워져 있다. 사진 속의 현이는 환하게 웃고 있다. 멀리서 메아리처럼 이준, 영민, 태호의 목소리가 들려온다.

이준/영민/태호   [E] 상우야~~~~.

목소리는 점점 가까워져 오고. 창고 안으로 뛰어 들어오는 이준, 영민, 태호.

이준/영민/태호   (다급하게 뛰어들어오는) 상우야!!!

형들의 소리에도 꼼짝 않고, 액자 옆에서 얼굴을 묻고 웅크리고 앉아있는 상우. 형들이 상우 앞으로 뛰어와,

영민   (상우 모습 보며 어쩔 줄 몰라 하며) 상우야. 왜 이러고 있어~~.
이준   (미안한) 형들이 놓고 가서 미안해.
태호   고개 들어 봐 상우야~ 병원 가자, 어?

그제야 천천히 고개 드는 상우. 입술은 창백하고 이마에 식은땀이 맺혀 있다.
놀라는 형들.

영민	(울상) 우리 막내 왜이랴…
상우	(겨우 입을 뗀다) …호랑이 형은요?
태호	(속상한) 네 몸이나 신경 써. 너 쓰러져 있다고 복순 할매한테 전화 와서 얼마나 놀랬는데~.
상우	(다급하다) 호랑이 형은 어딨어요~ 아직 쓰러져 있는 거 아녜요? 찾으러 가야죠~~.
호랑	[E] 상우야!!

상우, 고개 들어 보면 머리에 붕대 두르고 뛰어들어오는 호랑. 놀라며 어이없어하는 태호, 이준, 영민

태호	(속상) 야! 죽기 살기로 입원시켜 놨더니~ 여길 왜 기어 와!
호랑	(심각한 얼굴로 상우 살피며) 상우야!! 괜찮아? 어디, 어디가 아파?
상우	[OL] (호랑 보자마자 얼굴을 잡고) 형은 괜찮아요? (붕대 보고 놀란) 붕대 뭐예요? 머리… 다친 거예요? 괜찮아요~~?!!
호랑	가벼운 뇌진탕이래. 난 괜찮아.
상우	(그제야 안심을 하고 호랑에게서 손을 떼는데)
호랑	(걱정스럽게 상우를 보며) 넌, 왜 쓰러진 거야…
상우	(울컥) 미안해요… 다 저 때문이에요.
호랑	뭐가 미안해. 내가 일하다가 그런 건데…
상우	제가 먼저… 서울로 가버렸어요.

사장들 서로 눈을 바라본다. 무슨 얘기지? 알 수가 없다.
모두 걱정스러운 얼굴로 상우를 보는데.

이준   상우야… 무슨 소리야….

상우, 용기 내서 말하고 싶지만 입을 떼기 힘들다. 심각한
얘기임을 느낀 형들. 태호가 말하려는데, 옆에서 호랑, 가
만히 저지한다. 상우, 다시 말하려는데. 5년간 묻어두었던
말이 쉽게 나오지 않는다. 형들이 괜찮다는 응원의 눈짓을
하며 상우를 바라본다. 망설이고 망설이다가 상우의 입에
서 나온 말

상우   저… 눈이 무서워요… 그날부터.

그 순간 형들, 무슨 말인지 알아차리고 모두 그 자리에서
얼어붙는다.

S#2.　　**플래시백 – 야외 주차장 어딘가(5년 전, 낮)**
주차장에 시동 켜진 승합 차가 서 있다. 뒷문 열려있고, 자
리에 앉아 밖을 보며 외치는 상우(5년 전)

상우	현이 형~~ 빨리 와~~ 형들은 벌써 서울 출발했어~.

상우 앞으로, 스물한 살의 현이가 뛰어온다. 해맑은 미소.
상우가 차에서 내려 웃으며 현이를 보는데.

현이	상우야, 먼저 출발해. 난 인터뷰 남았어.
상우	(의아한) 내가 마지막이랬는데?
현이	(미소) 내가 순서 바꿨어. 너 먼저 가서 눈 좀 붙이고 방송 준비해.
상우	(속상한) 형도 많이 못 잤잖아~ 왜 맨날 양보만 해~. 아, 안 가. 기다렸다 형이랑 갈래.
현이	(등 뒤에서 기타 꺼내주며) 이거 줄게. 크리스마스 선물.
상우	어? 이 기타… 형이 아끼는 거잖아.
현이	우리 데뷔하고 오늘 처음 1위 후보잖아. 그동안 막내가 젤 고생 많았던 거 같아서… 오늘 꼭 1위 해서 파티하자. (미소)
상우	(기타 만지작거리며) 고생은 뭐… 형한테 맨날 받기만 하는데… 맞다. 형도 곧 생일이잖아. 갖고 싶은 거 없어?
현이	선물보다 다 같이 여행 가고 싶어. (웃으며) 오늘 1위부터 하자. 얼른 출발해. 이따 눈 많이 온대.
상우	(밝은 얼굴로 보며) 알았어. 얼른 하고 와~. (하고 차에 타는)

상우가 차에 타고, 현이가 차 문을 닫아준다. 눈이 내리기

시작한다. 차가 출발하자, 차에 탄 상우를 향해 현이가 환한 얼굴로 손을 흔든다.

현이   (상우에게 들릴 듯 말 듯) 이따 봐… 상우야.

환하게 웃는 현이의 얼굴로 눈이 내린다.

S#3.   **보람마트 창고**(현재, 밤)

바닥에 세워진 액자 속 현이는 환하게 웃고 있다.

상우   (눈시울이 뜨거워진다) 현이 형이 순서를 바꿔줬어요. 형이 남았어요. 내가 남았어야 했는데… 저 때문이에요.

굳었던 감정이 녹아내리듯, 상우 눈에 눈물이 흐른다. 옆에서 애써 눈물 참는 영민.

형들의 손이 하나둘… 상우의 어깨에, 등에 포개진다. 들썩이는 상우를 어루만져 준다. 모두 말이 없다. 여전히 액자 속 현이는 웃고 있다.

「사장돌 마트」 09. 울긴 왜 우럭

S#4. MSG 엔터 사무실. 밤

지욱, 입안에 풍선껌을 2개나 욱여넣고, 이글이글 눈빛으로 껌을 씹는다.

[INS] 플래시백(8부)

호랑   얼마 전에, 돌아가신 가족 있으시죠?

지욱   (생각에 잠겨 혼잣말) 겁대가리 없는 새끼…

테이블에 앉아있던 민수, 지욱의 말에 깜짝 놀란다.

민수   네…?

지욱   (생각할수록 성질 나는) 구질구질한 놈들. 무슨… 겁을 안 먹어!

민수   아, 애들이요? 잃을 게 없어서 그래요. 특히 최호랑 그놈은 멤버들 위해서라면 끝까지 포기 안 할 겁니다.

지욱   (독기 가득한 눈빛) OK. 이제부터 최호랑이 집중 타깃이다.

민수, 지욱에 대한 경계심이 강해진다. 머리를 굴리다가 손에 있던 핸드폰을 테이블 아래로 내려 '녹음' 버튼을 누른다.

민수   (유도하는) 그나저나 애들한테 마트는 왜 못 팔게 하신 겁니까?

176

지욱	내 거 되기 전에, 팔리면 안 되니까. (씩 웃으며 민수 보는) 역시 윤 대표를 내 편 만든 게 신의 한 수였어.
민수	(어색하게 웃는) 하하. (눈빛 바뀌며) 근데 며칠 전에 최호랑이 와서 (민수 쪽 보며) 김영수 회장님에 대해 묻더라고요?
지욱	(표정 정색) 그래서?
민수	광고주 연락처 달라고 난리를 치는데 모른다고 했죠. 무슨 눈치를 챈 건지… 뭘… 봤나? (하며 민수 보는)
지욱	(뭔가 깨닫고) 맞아. 내가 상복 입은 것도 알고 있었어. (불안) 내가 CCTV 뜯었는데….

민수, 속으로 놀라면서 애써 표정 관리한다. 테이블 아래 그의 핸드폰은 여전히 녹음되고 있다.

S#5. **골목길, 밤**

난감한 표정의 상우(얼굴만 보이는)

상우	(난감) 아 호랑이 형 뭐 하는 거예요~~ 눈 다 녹았어요.
영민	참어! 요거는 형도 니 편 못 들어줘.
상우	아이 참… 애들이 쳐다보잖아요.

지나가는 여자애 둘이, 흘깃 보며 킥킥거린다. 그들이 보는

시선에, 상우가 호랑이 등에 업혀 가고 있다. 그 양쪽으로 마치 보디가드처럼 형들이 마크하며 따라가는데.

호랑   (단호한) 눈 또 올 수도 있어. 오늘은 업혀 가.

상우   (창피) 애도 아니고 이게 뭐예요.

이준   (옆에서) 너 애 맞아~ 그러니까 울고 싶을 때 울어. 참지 말고.

태호   (상우 짠하게 보며) 눈 밟는 걸 조금씩 연습하면 될라나….

호랑   연습할 게 따로 있지! 꽃길만 걷게 해줘도 모자랄 판에, 싫다는 눈길을 왜 가.

상우   (절레절레) 우리 형들은 과잉보호가 심해….

영민   (상우 보고 울컥) 우리 상우 맘고생 한 줄 알았으면 더 했을 겨. (팔로 눈을 훔친다.)

이준   (영민에게) 은영민 또 울면 호랑이랑 교대시킨다? 네가 상우 업어!

영민   그려! 나 줘! 내가 상우 업을 겨!

호랑   (영민에게) 그렇게 업고 싶으면… 영민아 나 좀 업어줘.

영민   (질색) 아이구~ 너 업었다간 그날이 허리 나가는 날이여.

상우   (그제야 형들 보고 미소)

그렇게 골목길을 다섯 남자가 걸어가는 뒷모습. 가운데 상우를 업은 호랑. 양쪽에 사장들이 다정하게 걸어간다.

이준	[E] 근데… 호랑이 너 점점 힘들어 보인다?
호랑	[E] 영민아… 니가 업을래?
영민	[E] 기차 떠났슈.
상우	[E] 아 뭐예요~~ 서로 떠넘기고~ 나 오기로 안 내려~.
태호	[E] 나도 업히면 안 되냐?
호랑	[E] 죽는다, 신태호~.

상우 업고 도망가는 호랑, 쫓아가는 태호. 그 모습 보고 웃
는 친구들의 뒷모습. 저녁이 찾아온 골목길에 그들의 웃음
소리가 가득하다.

S#6.　　**행정사 사무실**(다음 날, 낮)

행정사 명패가 보이는 책상 앞 소파에 다섯 사장들, 긴장된
얼굴로 앉아있다.

맞은편 소파에 행정사.

행정사	(미소) 중국집 사장님께서 잘 부탁한다고 신신당부를 하시 더라고요? 평소에 이웃 분들께 잘 하셨나 봐요.
태호	(뿌듯한) 제가 예전부터 팬이 많았습니다. 하하.
행정사	그러세요? 연예인 하셨어도 잘 하셨겠네요. (웃음)
사장들	(서로 얼굴보다 어색하게 따라 웃는) 하. 하. 하.

행정사	아무튼 영업 정지 기간이 최대한 줄어들 수 있도록 제가 최선을 다해보겠습니다.
호랑	(당황) 저… 줄어드는 걸로는 안 되고, 완전 무죄여야 해요.
행정사	(난감) 근데 단속반이 현장을 직접 적발한 거 아닙니까. 무죄를 주장하기엔 상황이 너무 명백합니다.
영민	언놈이 아무도 없는 매장에 들어왔었다니까요.
행정사	(혹하는) 그래서요? 그다음은요?
이준	(해맑) 그거야 저희도 모르죠. 그놈이 CCTV 깨고 갔거든요.
사장	(모두 한숨)
행정사	(난감) 한마디로 증거가 없는 거네요. 억울하신 마음 이해 갑니다만, 심증만 가지고 무죄 주장할 순 없습니다.
상우	그럼 저희 어떡해요? 뭐라도 방법 없을까요?
행정사	지금으로선, 탄원서를 성실하게 준비해서 기간을 감경시키는 게 최선입니다.

S#7.   길거리, 낮

사장들 모두 걱정스런 얼굴로 건물에서 나온다.

상우	(걱정스러운 얼굴로 형들 보며) …어떡해요 우리?
호랑	(결연한) 이제 우리가 믿을 건 손님들밖에 없다.
태호	손님들? (무슨 말인지 알겠다) 아, 탄원서 받자고?

호랑	어. 오늘부터 열심히 뛰어보자. 죽자고 노력하면, 되지 않겠냐?
영민	그래. 우리 동네에서 보람마트 없어지길 바라는 손님은 한 명도 없을 테니까.
이준	딱 한 명 있어. 진성마트 사장.
태호	(번뜩이는 눈빛) 오케이! (빠르게 다다다) 진성 사장한테 탄원서 받아올 사람! 안 내면 진다 가위바위보!!

4개의 가위, 1개의 보자기. 그 위로 사장 넷의 환호와 태호의 비명 소리.

S#8. 스마일 댄스 연습실, 낮

연습생 1, 2, 3이 땀에 젖은 채로, 바닥에 헥헥거리며 널브러져 있다. 상우, 흐뭇한 표정으로 박수를 치며 다가간다.

상우	많이 늘었네~ (미소) 그래도 두 군데 틀렸어. 너네 약속 지켜라. (서류 봉투에서 A4용지 내밀며) 자, 부탁해.
연습생1	(투덜) 하… 써주기 싫어서 죽기 살기로 췄는데… (종이 받는)
연습생3	마트 없어시면 멀리 가기 짜증 나니까 써 주는 거예요.
연습생2	(웃으며) 전, 도와드리고 싶어서 일부러 틀린 거거든요. (종이 받는다.)

상우   (그런 연습생 1, 2, 3 귀여워서 웃는)

S#9.   **편의점 앞 파라솔, 낮**

테이블에 아줌마 손님 1, 2, 3이 각각 고등어 모자, 화려한
퍼 코트, 요란스런 선글라스를 끼고, 열심히 종이에 탄원서
를 적고 있다.

손님 2   (이준에게) 이런 옷 안 줘도 써 줄 건데, 뭘 주고 그래. 안 그
            래도 조 사장 심란할 텐데.

이준   (비련 뚝뚝) 저… 손님들께 좋은 생선 드리는 재미로 살았거
            든요. 근데 사기꾼 때문에 장사도 못 하고… 흑. (괜히 눈가를
            훔친다.)

손님 3   (울먹) 그 얘기 그만해~ 나 또 눈물 나… (하며 선글라스를 내
            리는데 양 눈가에 마스카라 잔뜩 번져있는)

손님 1   (손님 2, 3에게) 우리가 부녀회 가서 잔뜩 받아다 줄게. 걱정
            말어.

이준   (환하게 웃으며) 역시… 우리 손님들이 최고예요!

도윤   [E] 저도 쓸래요.

이준   (뒤돌아 보면 도윤이다) 어? 도윤아, 이게 뭔 줄 알고~?

도윤   마트 도와달라는 편지 아니에요? 열 살이면 그 정돈 알아요.

도윤, 이준 손에서 종이를 가져가 테이블 옆에 앉아 또박또박 글씨를 쓴다. 이준, 그런 도윤이 귀엽다. 바닥의 커다란 쇼핑백을 뒤지며,

이준   우리 똑똑한 도윤이한텐 어떤 선물 줄까?

도윤   (탄원서 쓰며) 선물은 됐고요. 제가 찍은 브이로그나 편집해 주세요.

이준   (뒤지다 말고 도윤 보며) 뭐??

도윤   (이준 보고) 팔순 잔치 때 열심히 찍었단 말이에요.

이준   (잊고 있었다) 매장에 카메라 들고 간 거 너였어?

S#10.   보람마트 안, 낮

영민, 안절부절못하고 맞은편의 누군가(지나)를 보고 있다. 그런 영민과, 영민 맞은편의 사람을 번갈아 보며 감탄하는 예림.

예림   (혼잣말) 와, 진짜 세기의 사랑이다.

하며 영민 맞은편을 보면, 지나가 뾰로통한 표정으로 영민을 보고 있다.

지나	온다며.
영민	(쩔쩔매며) 가려고 했어. 근데⋯.
지나	[OL] 됐어. (종이 뭉치 내밀며) 자! 받아!
영민	(종이를 보는데 차마 받지 못하고 난감)
지나	(엄살) 아⋯ 팔 아파⋯.

하는 순간 0.1초 만에 지나 앞에 가서 두 손으로 종이 받는 영민.

영민	(종이뭉치 보며 어쩔 줄 모르는) 안 이래도 되는데⋯ (보면 탄원서다.)
지나	진작 얘기하지~ 저번에 얼굴 보러 왔다가 '철거예정' 보고 놀랬잖아. (귀엽게 눈 흘기며) 내가 모르는 비밀, 1그램도 안 돼~
영민	(사랑스럽게 보며) 응. 비밀 1그램 대신 내 사랑으로 다 채울게. 이거 쓰느라 팔 아팠지? (지나 오른팔 조심스럽게 당기며) 이리 와. 주물러줄게. (지나 오른팔 주물러주는)
지나	(오른팔 여기저기 가리키며) 요기두우⋯ 손가락두⋯.

지나가 말할 때마다 영민, 최선을 다해 주물러준다. 푹 빠져서 입 벌리고 보던 예림. 넋을 놓고 지켜보면서 자신의 왼팔로 오른팔을 주무른다.

예림   (감탄) 역시 멜로 맛집이야….

S#11.   진성마트 매장 안, 낮

진성 사장이 카운터에서 종이를 놓고 탄원서를 쓰고 있다.
그리고는 옆쪽을 보며

진성 사장   (실실 웃으며) 열 글자 썼다~ 양파 1개 추가~.

진성 사장이 보는 곳에, 태호가 머릿수건과 앞치마를 두르
고 서서 신문지 위에 가득 쌓여있는 양파를 앞에 두고 질
질 울면서 껍질을 까고 있다. 양은그릇에 깐 양파 9개가 들
어있다.

태호   (짜증) 사장님~ 한 글자에 양파 1개 너무한 거 아니에요?
           매워 죽겠어요~~ 딴 일 시켜주세요!

진성 사장   이따 시식 코너에 써야 돼~ 빨리 까!

태호   시식 코넌데 무슨 양파만 오지게 까요~ 이러니 장사가 안
           되지.

진성 사장   어허, 내가 우리 직원들 것까지 다 받아줄라 그랬는데…

태호   (다급하게) 양파 10호! 들어갑니다! 다음 글자 준비하세요~.
           (열혈 양파 까기 돌입. 눈물 나면 소매로 눈물 닦으면서)

진성 사장   (재밌다는 듯 보다가) 보람 사장들 사라지면 심심해서 어쩌
          나….

S#12.   보람마트 안, 낮

예림, 카운터에서 영수증 정리하고 있는데 박 사장이 고구
마 박스를 들고 들어온다. 예림, 박 사장 보며

예림   어떻게 오셨어요? 지금 장사 못하는데요…

박 사장   그래서 고구마 열 박스 갖고 오려다 한 박스만 갖고 왔어
          요. (바닥에 고구마 박스 내려놓으며) 이거 사장들이랑 먹어요.

예림   (짐작이 간다) 혹시… 박 사장님이세요?

박 사장   (멋쩍다) 맞습니다. 최 사장 다친 게 맘이 안 좋아서요. 좀 어
          때요?

예림   다 나으셨어요. 지금은 상모돌리기도 가능하실 걸요. (웃음)

박 사장   (그제야 표정 환해지며) 다행이구먼…

예림   근데 고구마 그냥 받으면 호랑 사장님이 뭐라 하실 거예요.

박 사장   들고 온 사람 무안하게… (미소) 받아요.

예림   (고민하는데)

          [cut to]
          예림, 박 사장에서 채소 모둠 박스를 내민다.

186

박 사장	(어리둥절) 뭡니까?
예림	못난이들이요. 제가 만든 거예요.
박 사장	못난이?
예림	외모만 개성 있지 맛은 최고거든요. '못난이 종합선물세트'로 기획 다 해놨는데 (한숨) 영업 정지 땜에 못 팔고 있어요. 사장님께 한 박스 선물로 드릴게요.
박 사장	(감탄) 아이디어 좋은데요? (박스 받으며) 이게 얼마죠?
예림	단돈!! 14,500원이요.
박 사장	(놀람) 이 많은 걸, 그 가격에 팔아도 남아요?
예림	판매하기엔 규격에 맞지 않는 채소들이라, 싸게 들어왔어요. 어차피 음식에 들어가면 똑같은 맛인데, 손님들도 싸게 사면 좋죠.
박 사장	(감탄한다. 예림의 명찰 보고) 오예림 씨. 장사에 수완이 있네요. (명함 꺼내 예림에게 주면서) 좋은 영업 아이디어 있으면 연락 줘요.
예림	(명함 받고 얼떨떨) 아 네….

그때, 마트로 들어오는 사장 다섯. 각자 손에 탄원서가 수북이 들려있다.

태호	(양손 냄새 맡으며) 어우 양파 냄새… 어우.
이준	(태호 보고 웃으며) 원래 벌칙 제안한 사람이 걸리는 게 국룰

이야.

호랑   (들어와서 박 사장 발견하고) 어? 박 사장님, 웬일이세요?

박사장 (미소) 최 사장 괜찮나 해서 와 봤지.

호랑   전 괜찮습니다. 오늘부터 다시 일할게요.

박사장 (미소) 알바 구했네. 그건 그렇고, 내가 제안한 건 생각해

       봤나?

태호   (궁금) 무슨 제안이요?

호랑   (당황하며 태호에게) 아니 그게…

박사장 (태호 보며) 마트가 곤란하게 됐다고 하길래, 정리하고 우리

       가게 받아서 장사해 보라고 했네.

나머지사장들(놀람) 네?? (호랑을 본다.)

예림 역시 놀라서 보는데, 호랑 난감해한다. 태호, 배신감
에 휩싸여 호랑을 본다.

S#13.   **지욱 사무실, 낮**

지욱, 책상 의자에 앉아 전화를 한다.

지욱   (전화 통화) 변호사님. 가고 계시죠? 아시겠지만, 타깃은 최호

       랑입니다. (눈빛이 날카롭다.)

보람마트 안, 낮

사장들 모여 있는데 아무도 입을 열지 않고 분위기가 냉랭
하다. 옆에서 예림, 사장들 눈치 보는데 태호가 입을 뗀다.

태호 행정사가 무죄 힘들다니까, 발 빠르게 박 씨네 청과로 갈아
     타냐?

호랑 그런 거 아니야.

태호 (불만) 난 탄원서 한 장 받겠다고 어? 질질 짜면서 양파 까
     다 왔는데 넌 혼자 살길 찾고 있었다 이거지?

상우 (호랑 편들어주며 태호에게) 아직 하겠다고 한 게 아니잖아요.

영민 (허탈한) 호랑인 마트에 들인 돈이 있으니까 하루라도 벌어
     야 되겠지. 이해는 한다.

호랑 (답답) 그런 거 아니라니까~.

이준 (호랑에게) 야! 제안은 나도 받았어~.

태호 너도 밥줄 찾았냐?

이준 에이전시에서 계약하자고 연락 왔었어. 근데, (호랑 보며) 난
     누구랑 다르게 확실히 거절했다. 마트 땜에 안 한다고.

호랑 나도 박 사장님 가게 안 가. 됐어? 다들 왜 이래?

사장들 보누 분위기가 싸늘하다. 그런 사장들 보며 예림 역
시 심란한데.

박변호사   [E] 안녕하세요~~

사장들 모두 뒤돌아 보면, 박 변호사와 남자 작업자 한 명
이 서 있다. 모두 경계하는데 박 변호사, 사무적인 미소로
목례를 한다.

[cut to]
마트에 불이 켜지고, 모든 냉장고가 돌아가기 시작한다. 사
장들과 예림, 환해진 마트를 두리번거리는데,

박변호사   마트도 어수선한데, 불이라도 켜고 계시라고요.
호랑   (잔뜩 경계) 갑자기 왜 이래요?
박변호사   사장님들한테 드릴 말씀이 있습니다. 잠깐 뵐까요? (이준 보
          며) 조이준 사장님?
이준   (놀람) 저요…?

S#15.   **카페, 낮**
박 변호사와 이준이 마주 보고 앉아있다.
이준, 경계심 가득한데 박 변호사가 편안한 얼굴로 툭.

박변호사   저도 쭈니 J 구독자입니다.

이준   (1초 만에 경계심 해제) 정말요? 정말 제 채널 구독자세요?

박변호사   (미소) 고등어 편 재밌게 봤습니다. 근데 업로드가 뜸하던

          데요?

이준   (한숨) 마트가 이래서요. 구독자는 느는데, 영상 찍을 여유

          가 없어요.

박변호사   그렇게 관리 안 하면 채널 망합니다?

이준   네??

박변호사   (하고 테이블에 돈 봉투와 포기 각서를 들이민다) 이사비 절반입

          니다. 포기 각서 쓰시면, 나머지 절반도 드립니다. 마트 정

          리하시고, 이 돈으로 재밌는 콘텐츠 만드는 데 올인하세요.

          잘 돼서, 연예계 활동도 다시 하셔야죠. 쭈니 J로만 만족하

          실 건가요?

이준   (혼란스럽다) 연예계요…? (하고 봉투를 들어 안을 보고 깜짝)

          헉!

          [cut to]

박변호사   1인당 천만 원씩입니다.

영민   (봉투 보고 놀람) 천만 원이요?!

박변호사   이번 기회에 전문 정육점도 생각해 보세요~. 이 돈이면 새

          출발하는 데 무리 없을 겁니다.

영민   (봉투를 탁 내려놓고) 암만해봐유. 내가 넘어가나.

[cut to]

박변호사   어차피 계약서상, 마트는 넘어가게 돼 있습니다.

상우   (테이블 위 봉투 보며 냉담한) 돈 관심 없어요.

박변호사   (픽 웃으며) 오디션 지원하셨던데요?

상우   (당황해서 멈칫)

박변호사   앞으로 방송에 나오실 수도 있는데… (눈빛 날카로워지는) 저희랑 어디까지 싸우시게요?

[cut to]

태호   (변호사 앞으로 돈 봉투를 거칠게 내리치며) 개수작 부리지 마!!

돈 봉투에서 빠져나온 돈들이 테이블에 뿌려진다. 덤덤히 지켜보는 박 변호사.

태호   (경멸하듯 박 변호사 보며) 우리 애들도 이렇게 꼬셨어? 보람 마트가 우리한테 어떤 곳인데, 돈 천에 넘기라고?

박변호사   마트 빚 오천만 원, 최호랑 사장 개인 돈으로 갚았다면서요?

태호   (멈칫)

박변호사   최 사장 꿈이 중장비 기사였다는 거 아셨어요? 마트 때문에 포기했다던데… 마트 쫓겨나면 돈도 날리고, 꿈도 날리겠네요.

태호	(몰랐다… 눈빛이 흔들린다.)
박변호사	(몰아붙이며) 솔직히 다른 사장님들은 빈손으로 와서 손해 볼 거 없잖아요. 그래서 허세 부리는 거 아닙니까? 친구들이 최 사장 돈, 갚아줄 능력 있어요?
태호	(기분 나쁘지만 할 말 없다. 고민에 빠진다.)
박변호사	(도발) 신태호 씨는 최호랑 씨 없으면 혼자 결정 못 하시네요.

태호, 테이블에 있는 '포기 각서'를 손으로 집어 든다. 심각하게 보며 생각에 빠진다.

S#16. 보람마트 안, 낮

예림과 호랑, 마트 문 앞에서 밖만 쳐다보고 있다.

예림	(호랑에게) 왜 이렇게 안 오죠? 불안하게…

호랑 역시 궁금하고 심란하다. 다시 문밖으로 시선 옮기는데 박 변호사가 혼자 들어온다.

오탕	(의아한) 우리 애들은요?

박 변호사, 카운터에 두툼한 돈봉투, 그리고 '포기 각서' 빈

종이를 올려놓는다.

호랑   (보고 날카롭게) 뭡니까?

박 변호사 친구분들한테 물어보면 아실 겁니다.

그때 기운 없이 들어오는 사장 넷. 박 변호사는 의례적인
목례만 하고 나간다. 박 변호사 나가자마자,

호랑   (사장들에게 돈 봉투와 각서 가리키며) 이게 뭐야?

사장들   (모두 답을 못하고 표정 굳어있는)

호랑   (순간, 불길한 예감이 든다) 에이씨!!!

호랑, 카운터에 올려진 돈 봉투를 손에 움켜쥐고 뛰쳐나가
려는데, 팔을 탁 잡는 태호. 호랑, 태호를 보면,

태호   (단호한) 그냥 받자.

호랑   뭐?

태호   이 돈 이사비야.

호랑   (어이없다. 태호가 잡은 팔을 내치며) 설마 너, 이 돈 받았냐? (다
         른 사장들 둘러보고) 너희들도?

영민   아직… 안 받았어.

호랑   (어이없다) 아직? (각서 들어 보이며) 이건, 사인했어?

이준   (고개 숙이고) 고민 중이야….

호랑   (배신감) 안 한다고 했어야지!! 그걸 왜 고민해?!

태호   (호랑에게) 최호랑. 우리, 마트 포기하자.

예림, 놀라서 태호 보는데. 영민, 이준, 상우, 무거운 표정으
로 고개 숙인다.

호랑   (황당) 뭐라 그랬냐?

태호   거지처럼 쫓겨날 바엔 돈 받고 나가자고~.

호랑   (원망 가득) 이런 돈 받는 게, 거지 같은 거야. 너처럼.

태호   (빈정 확 상하는) 뭐?! 남의 속도 모르고 막 얘기한다?

호랑   이렇게 포기하면, 우리한테 탄원서 써준 손님들은 뭐가
         돼? 넌, 돈이면 다 되냐?

태호, 속에서 불이 나지만 참는다. 다른 사장들도 이 상황
이 미치도록 답답하다.

박변호사   [E] 사장님들이 최호랑 사장, 설득해 주시죠.

S#17.   플래시백 – 카페(조금 전, 낮)

박변호사   최 사장의 돈과 장래를 지켜주고 싶다면 설득하는 게 좋

을 겁니다. 이지욱 사장, 어떻게 해서든 마트 뺏을 거예요.
더 고생하지 마시고, 어차피 질 싸움. 이쯤에서 포기하세
요. 각자 인생 지키셔야죠.

사장 넷 잔뜩 굳은 얼굴로 앉아있다. 그들 앞에 돈 봉투와
포기 각서들이 놓여있다.

S#18.　　**보람마트 안**(현재, 낮)

사장들 모여 있다. 호랑, 실망과 원망이 가득한 눈으로 나
머지 사장들을 본다.
예림은 안타까워서 그저 옆에서 지켜보기만.

태호　　(속상. 딴 데 보며) 그만하고… 이사비 챙겨서 각자 살 길 찾자.

이준　　(호랑 설득하는) 우리 열아홉 아니고, 스물아홉이야. 먹고살
　　　　길은 봐가면서 싸워야 될 거 아냐.

호랑　　(배신감) 그놈의 이사비 얼마길래, 이렇게 한 번에 돌아서
　　　　냐? 다들? 눈앞에 목돈 떨어지니까, 마트는 보이지도 않냐?

영민　　그런 거 아냐! (말할까 말까 망설이다가 어렵게) 이사비라도 받
　　　　아서 니 적금 갚아줄라 그랬어.

호랑　　(어이없다) 내가 언제, 적금 갚아달래? 내가 적금을 날리든,
　　　　말든. 왜 니들이 맘대로 결정해서 통보하는데?!

태호   (욱해서) 그동안 마음의 짐이었으니까!

호랑   (태호 보며) 짐?? (어이없어 헛웃음)

태호   우린 빈손으로 들어왔잖아! 넌 여기에 전 재산 꼴아박았고!
          그래서 더 빨리 돈 벌고 싶었어~ 너한테 빚 갚고 싶어서!!

호랑   (실망) 내가 너희 짐이었어? 그래서, 짐 덜고 싶어서 마트 접
          자고?

상우   (호랑에게) 그런 뜻 아닌 거 알잖아요. 우리 괜히 상처 주는
          말 하지 마요.

태호   그래, 다~ 그만하고, 깔끔하게 찢어지자. (비꼬듯이) 다들 갈
          데 있잖아? (이준에게) 이준이 너, 에이전시 연락받았다매?
          가~. 떼 샷보다 넌, 혼자 튀는 거 좋아하니까 그게 딱이네.

이준   (서운) 야, 내가 연락한 것도 아니고 제안이 온 건데, 무슨
          배신이라도 한 것처럼 얘기한다? 그래, 솔직히 관심 있었
          어. 그러면 좀 안 돼? 나는 상우처럼 오디션 나갈 깜도 안
          되잖아. (호랑에게) 맞잖아? 네가 그랬잖아~.

호랑   (답답한) 너 애냐? 동생 오디션 나가는 게 그렇게 배 아팠어?
          안 말릴게. 나가~ 오디션.

상우   (속상한) 형들 진짜 왜 이래요. 이렇게 싸울 거면 저 오디션
          안 나가요.

오랑   (다그치듯) 상우야!

태호   이래서 뭘 같이 하겠냐? 각자 솔로 활동해~. 이준이, 상우
          오디션 가고, 호랑이 박 씨네 청과 가고, 영민인 고향 내려

가. 나만 갈 데 없어. 나만.

영민   (빈정 상해서 태호에게) 뭘 없어. 너도 누나 태권도장 있잖여. 나는 말여. 쉽게 고향 못 가. 우리 아부지 열 손가락에 굳은 살 배겨가면서 소 키우셨다고. 그 귀한 걸, 아들이 서울에 서 일한대니까 보내준 거여. 근데 이 꼴 나서 고기 다~ 돌 려보냈어. 고기 받은 울 아부지 맘이 어떻겠어? 그것도 모 르고, 고향이나 가란 겨? 그러고도 니가 친구여?

태호   태권도장이나 가라는 건, 친구냐? 난 누나 없으면 아무 것 도 못해? 마트 있는 동안, 나 처음으로 사람들한테 인정받 았다. '사장님' 그 세 글자가 사람을 바꿔 놓더라. 근데 여기 떠나면, 어디서 인정받아? 나도 답답해!! 근데 쟤 돈이 걸 려있잖아!!

호랑   (사장들 지켜보다가) 에이씨~!!!!!

마트를 뛰쳐나간다. 나머지 사장들 모두 고개를 푹 숙인다. 그 모습 보던 예림, 호랑을 따라 나간다.

S#19.   **보람마트 주차장, 낮**

화난 듯 호랑이 걸어가고, 그 뒤를 예림이 따라간다.

예림   사장님! 사장님!! (호랑 옆에 따라가며)

호랑	(멈춰서 예림 본다) 너도 마트 그만둔다면, 안 잡을게.
예림	네?
호랑	그때 선배랑 통화하는 거 들었어. 스터디 그룹 들어오라고.
예림	(당당) 저 스터디 그룹 필요 없어요. 이미 다 계획이 있다고요.
호랑	사장들이 챙겨줘야 하는데… 미안하다. 맨날 안 좋은 꼴만 보이고.
예림	(안타깝게 호랑 보다가) 사장님, 손 줘봐요. 행운의 포카 드릴게요.
호랑	(손사래) 됐어~ 지나 포카는 영민이한테나 줘.

하는데 호랑의 손을 펴고 그 위에 포카를 올려놓는 예림. 손바닥의 포카를 본 호랑의 눈빛이 흔들린다. 그것은 썬더보이즈 포카였다. 현이까지 있는 여섯 명의 포카. 호랑, 가까이 가져가 들여다본다.

호랑	(감동) 우리… 썬더보이즈야? (뚫어져라 보며) 어디서 났어?
예림	어렵게 구했어요. (미소) 사장님, 하루하루가 폭탄 같지만 행운 포카 보면서 힘내요.
호랑	(포카 바라보나가 고개 들어 예림 보며) …고마워.

호랑, 손바닥 위의 썬더보이즈 포카를 보고 있자니, 마음이

따뜻해진다.

S#20. **MSG 엔터 사무실, 낮**

민수, 테이블 위에 핸드폰을 놓고 앉아서 심각한 표정으로 녹음을 들어보고 있다.

지욱   [F] 맞아. 내가 상복 입은 것도 알고 있었어. 내가 CCTV 뜯 었는데….

그때, 전화가 온다. '고병철 변호사' 이름이 뜬다. 뜻밖이라 는 듯, 보다가 받는데

민수   (전화 통화) 고 변호사님, 오랜만입니다~ 갑자기 무슨 일로…

고변호사   [F] 영업정지를 받으셨던데요? 계약할 때부터 회장님이 신 신당부 하신 부분이라, 약속대로 마트 넘겨주셔야겠습니다.

민수   아 예… 그럼 마트는 토지 소유주에게 넘어가나요?

고변호사   [F] 회장님 돌아가시기 전에 유언장이 바뀌었습니다. 마트 상속인이 따로 있어요.

민수   (듣다가 놀람) 네?

이준 스튜디오, 밤

노트북 화면을 바라보고 있는 이준. 아련한 눈빛. 화면에,

팔순 잔치에 왔던 손님들의 응원 메시지가 나온다.

화면 속 손님1   보람마트 따봉! 조 사장은 쌍따봉이야!!

화면 속 손님2   (화면 치고 들어오며) 난 살 거 없어도 기분 꿀꿀하면 와. 보

람마트 사장님들 보면 기냥 기분 좋아지니까. (웃음)

화면 속 손님3   장터 재밌다~ 또 열어줘요~ 보람마트 평생 단골 할게~.

화면을 보고 있는 이준 얼굴에 행복함이 떠오르는데

이준   에휴… 이 맛에 장사했는데….

화면에 방긋방긋 웃는 도윤의 얼굴이 나타난다.

도윤   안녕하세요~ 도윤이의 라면 쇼핑 브이로그 시작합니당~.

하고 고정돼 있는 카메라를 손에 들고 어디론가 간다.

이준   (귀여워하면시) 으이구, 그렇게 손대지 말래두~~

그때, 핸드폰에 톡이 온다. 상우가 보낸 톡.

상우   [E] 형들, 자정 안에 화해 안 하면, '사랑해' 벌칙 시킬 거예요. 당장 마트로 모여요.

        톡 확인하고 씩 웃고는. 무심코 노트북 화면을 보는데. 눈이 놀라움으로 커진다.

이준   (충격) 어어~~~ 저거 뭐야~~.

S#22.   **보람마트 옥상, 밤**

        그릴 숯불 위에서 상우가 목장갑을 끼고 고구마를 굽는다. 그 옆 테이블에 호랑, 태호, 영민 셋, 어색하게 말도 없이 앉아있다. 상우, 그런 형들 보면서 답답.

상우   아 언제까지 말 안 할 거예요? 12시 넘으면 벌칙 있어요~.

        형들, 먼저 말 걸기 서로 뻘쭘하다. 헛기침만 하면서 딴 데 보고 있다. 상우, 그런 형들 보며 한숨 쉬고는, 숯불 안에 있던 은박지 고구마를 하나씩 꺼내 테이블 위 1회용 접시 위에 잔뜩 올려놓는다.

상우   (구시렁) 뜨거운 맛을 봐야 정신 차리지. (형들에게) 드세요.

하고 테이블 의자 맨 끝에 앉는다. 형들 셋, 무심코 은박지 고구마를 집는데.

형들 셋	(일제히) 앗 뜨거~~!!!!!!! (하며 뜨겁다고 각자 호들갑)
상우	(그 모습 보고 웃으며) 말문 터졌다!!
태호	(손을 미친 듯이 비비며) 상우 너 고구마를 준 거야, 숯불을 준 거야?
호랑	(옆에서 툭) 하여간 엄살은 (하면서 고구마 호일 까다가) 앗 뜨거!!
태호	(호랑 보며 비웃는) 그 봐 뜨겁잖아~.
영민	(이미 고구마 먹고 있다) 역시, 박 사장님네 고구마는 진리구마. 근데 이준이는 왜 안 와? 아직… 삐졌나?
호랑	(걱정돼서 괜히 태호에게) 너 때문이잖아~ 제안받았다 그러면 축하해 줘야지 애를 왜 비꼬냐고.
태호	(호랑에게) 야! 오디션 나가고 싶은 애를 기죽인 게 누군데~.
예림	[E] 아직도 화해 안 하셨어요?

사장들 보면 예림이가 김치가 담긴 1회용 접시를 들고 온다.

태호	(김치 보고 박수 치며) 와! 김치 고팠는데!! 역시 예림이 센스!!
상우	(수상한 눈빛으로 웃으며) 형들, 그거 알아요? 12시 3분이에요.
형들 셋	(당황, 공포의 쓰나미) 안 돼~~.

상우	(형들 보며) 어물쩍 안 넘어가요. 화끈하게 화해해야 또 안 싸운다고요.
태호	어우… 갑자기 체할라 그런다…
상우	다들 돌아가면서 한 명씩 "사랑해" 하는 거예요.
영민	(소심한 반항) 아니… 이준이가 안 왔잖아….
이준	[E] 애들아~~ 완전 대박이야~.

사장들 보면 이준이 배낭 메고 잔뜩 흥분해서 뛰어온다.

이준	(사장들에게 와서 완전 흥분) 야, 내가 뭘 갖고 왔는 줄…
호랑	[OL] 딴소리 말고 끝에 가서 앉아~ 오늘 윤 사장이 얄짤없다.
이준	(맘 급한) 야~~ 급하다고~.
상우	벌칙도 급해요. (양손 내밀고) 자! 손! 저부터 할게요. (막상 오른쪽 영민 보고 말하려는데 막막) 이게… 얼굴 보니까 힘들긴 하네요….
영민	(서운) 뭐여… 이러면 어때? (상우 보고 과하게 방실방실)
상우	(웃음 터지며) 사랑합니다~.
영민	(태호 얼굴 가까이 쳐다보며) 사랑혀….
태호	(옆에 호랑 보고 번개처럼 순식간에) 사랑해!!
예림	(태호에게) 뭐라고요? 안 들렸는데?
호랑	(허겁지겁) 나 들었어! 확실히 들었어!

상우	알았어요. 호랑이 형 차례!!
호랑	(긴장. 생각에 잠겼다가) 사… 사…
상우	'사랑해' 할 때까지 안 끝낼 거예요~.
호랑	(손 놓고 자세 고쳐 앉으며 진지하게) 사실, 너희들이 내 적금 갚아주려고 했다는 거 고마웠어. 근데 나 정말… 마트 포기하고 적금 건질 생각 없어.
사장들넷	(모두 호랑을 본다.)
상우	(미안한) 형 생각하면…. 이사비 받는 게 맞는데 탄원서 써 준 손님들 생각하면. 그럴 수가 없었어요….
영민	미안하다. 호랑아.
호랑	너희한테 진짜 미안한 건 나야. 썬더보이즈 내가 먼저 포기해서, 미안했어.
사장들	(의외의 말. 호랑을 본다)
호랑	(힘들게 꾹꾹 얘기한다) 그때… 사고 나고… 윤대표가 현이 없이 스케줄 하라고 했을 때…
태호	(욱) 윤민수 그 인간이 그랬어?!!
호랑	(태호 보고 쓴웃음) 도저히 무대에서 춤추고 웃을 자신이 없었어. 나 혼자 해체 결정해 버려서 미안해.
영민	(울컥) 무슨 소리여~~ 그 상황이면 나라도 그랬을 거….
태호	너 때문에 해체한 거 아니야. 그때 우리 다, 현이 없이 버틸 수 없었어… 너무 어렸잖아.
사장들	(모두 그때의 생각에 잠긴다.)

호랑   그래서 이번엔 포기하고 싶지 않아. 끝까지 해보자. (양쪽 사
        장 태호, 이준 손 잡으며) 우리 사장들, 사랑한다.

        사장들, 민망하면서도 눈빛이 달라진다. 그때, 이준이 자리
        에서 일어나서,

이준   마지막은 나지? (다급하게) 사랑해! 그리고~ 우리 영업 정지
        무죄야!!
사장넷 (놀람) 뭐??
이준   내 카메라에 증거 다 찍혔어!

S#23.   **보람마트 창고, 밤**

        사장들과 예림, 모두 모여서 노트북을 보고 있다. 화면에서,
        도윤이 카메라를 찍으며 1층 매장으로 들어온다.

도윤   [F] 여기는 보람마트입니다~ 제가 가장 좋아하는 라면 코
        너로 가보겠습니다.

        그때, 화면에서 엄청난 환호성이 들려온다. 도윤, 옥상 위
        를 쳐다보더니 카메라를 카운터에 냅다 내려놓고 화면 밖
        으로 사라진다. 진열대를 비추고 있는 화면. 그곳에서 검은

모자에 후드를 뒤집어쓴 남자(지욱)가 나타난다.

사장들   (모두) 맞지?

지욱, 반품 박스에서 두부, 콩나물을 꺼내 진열대 깊숙이 넣어두는 뒷모습. 그러더니 후드를 벗고, 앞으로 돌면서 전화를 건다. 지욱의 얼굴이 보인다.

태호   딱 걸렸어~!!

이준   (흥분한) 이 정도면 확실한 증거지?

영민   이준이가 오랜만에 한 건 했네??

기분 좋은 이준. 그 순간, 노트북이 확 꺼진다. 모두 어리둥절한데

이준   아… 배터리 다 됐다.

예림   저기 콘센트 있어요.

[cut to]
사장들이 보누 달려들어 나무 장을 움직이고, 그 뒤에 있던 선반들을 치운다. 그때, 맨 앞에서 선반을 치우던 영민, 뭔가를 본 듯

영민	이게 뭐야? 손잡이가 있어.

그 순간, 사장들의 눈이 일제히 벽에 달린 손잡이를 향한다.

호랑	전에도 봤는데 문인 거 같아. (예림에게) 예림아, 아는 거 없어?
예림	(얼떨떨) 저도 처음 봐요.
태호	(수상한) 예림이도 모른다고?
영민	(상상력 풀가동) 혹시 저 안에 죽은 짐승이나 시체가···.
이준	(영민 뒤로 숨으며) 어우 야!! 나 무서워~~.

그때, 벽을 꼼꼼히 살펴보고 있던 상우. 손잡이 옆에서 낙서 하나를 발견한다.
'Happy new year'

상우	'Happy new year' 이런 낙서가 있는데요. 비밀번호 힌트인가?
이준	(갑자기 관심 보이며) 이거 방 탈출이야?
태호	(정답 맞추듯) 설날? 0101?
상우	(눈빛 진지한) 연말 인사 아니에요? 1231?

호랑, 자물쇠에 1231을 입력한다.

태호   또 내 말 무시하네. 0101이라니까….

그 순간 덜컥 열리는 자물쇠. 놀란 사장들.
호랑, 긴장한 표정으로 자물쇠를 치우고, 손잡이를 잡고 당
긴다. 끼이익… 소리를 내며 문이 열린다. 문이 열린다. 사
장들과 예림, 눈이 커진다.

S#24.   **보람마트 창고 방. 밤**

따뜻한 벽지에, 작은 소파. 그 옆 테이블에 스탠드가 하나
놓여있다. 사장들 모두 놀라 입을 다물지 못한다. 썬더보이
즈 데뷔 시절부터 잡지에 나온 사진들을 곱게 오려 벽에
테이프로 붙여 놓은 벽. 보람 음료 광고 화보도 붙여져 있
다. 썬더보이즈 5년간의 기록들이 그 방 안에 빼곡히 붙어
있었다. 그들의 추억 사진들을 보며 가슴 뭉클해진 사장들.

이준   오랜만에 봐… 우리 사진….
상우   (사진 보며) 누가 이렇게 꾸며놨을까요?

사장들은 벽 사진을 보고 있는데, 예림은 소파 옆 테이블
에 세워진 액자를 들어본다.

예림	어? 김영수 사장님이네.
태호	(뒤돌아 예림 보며) 누군데?
예림	보람마트 원래 사장님이에요. (표정 심각해지는) 어? 옆에… 땅 주인 같은데?
사장들	뭐??

사장들 모두 사진 앞으로 모인다. 모두, 얼굴이 하얗게 질려있다.

영민	이게 무슨 일이야….
호랑	왜 현이가 땅 주인이랑 같이 있어?!

오래된 세 남자의 사진. 왼쪽에 지욱, 그 옆에 김영수 회장, 오른쪽에… 현이가 있다. 사장들은 놀라움을 넘어 모두, 얼굴이 하얗게 질려있다.
환하게 웃고 있는 세 남자의 사진. 반면, 충격받은 사장들 얼굴에서.

9화 엔딩

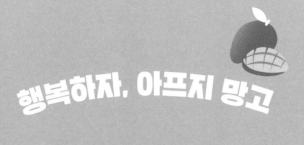

행복하자, 아프지 망고

Episode
10

S#1.   **보람마트 창고 방, 밤**

사장들 모두 사진 앞에 모여있다. 모두, 얼굴이 하얗게 질려있다.

호랑   왜 현이가 땅 주인이랑 같이 있어?!

오래된 세 남자의 사진.
왼쪽에 지욱, 그 옆에 김영수 회장, 오른쪽에… 현이가 있다. 사진에 충격받은 사장들. 호랑, 머리가 복잡하다. 소파 옆 테이블을 내려다보는데 먼지 쌓인 스프링노트가 놓여있다. 들어서 보는데 표지에 오선지가 디자인돼 있는 낯익은 노트다.

상우   (옆에서 노트를 알아보며) 어? 이거….
호랑   현이 가사 노트야.

나머지 사장들 역시 노트로 시선을 옮긴다. 호랑, 노트를 넘겨본다. 첫 장에 '송현이' 이름이 써있고 다음 장부터 시, 혹은 낙서처럼 끄적인 가사들이 빼곡히 노트를 채우고 있다. 쭉 훑어보는데 가사가 적힌 마지막 페이지 옆에 낯선 글씨체로 쓰여진 편지가 있다.

호랑	(노트 보고 읽는) 예술가의 노트에, 못난 외할아버지가 글을 써도 될지… (멈춘다.)
태호	외할아버지…? (사진 보며) 이 분이…?

사진 속에서 환하게 웃고 있는 현이와 김 회장.

S#2.　　**플래시백 – 장례식장 복도**(5년 전, 낮)

복도에까지 (현이 엄마의) 울음소리가 들려온다. 검은 양복을 입고, 넋이 나간 채로 로비 복도 의자에 앉아있는 김영수 회장. 가슴에, 현이의 작사 노트를 안고 슬픔에 잠겨있다. 그때, 누군가 옆에 털썩 앉는다. 고개 돌려보면, 호랑이다. 텅 빈 눈으로 허공을 바라보고 있는 호랑.

태호	[E] 최호랑!!

김 회장, 소리 나는 곳 보면, 저 멀리에서 검은 양복 입은 썬더보이즈 네 명이 온다. 다들 창백하고 푸석한 얼굴, 슬픔 가득한 표정으로 호랑 앞에 와 선다.

태호	(호랑에게) 우리가 상주 하자. 현이 부모님 그럴 상황이 아니셔….

김회장   (옆에서 그들을 바라본다.)

호랑   (눈물 꾹 참고. 고개 끄덕인다) 응….

태호   (감정 억누르며) 우리, 현이 부모님 앞에서는 울지 말자.

영민   (울먹) 그게 돼? 현이 사진만 봐도 미치겠는데.

호랑   (단호) 난, 이제부터 안 울 거야. (감정 누르며) 정신 똑바로 차
         리고, 현이 마지막까지 지키자. (이준 보며) 이준이는, 상우 좀
         챙겨줘.

         상우, 완전 넋이 나가서 멍하게 서 있다. 그런 상우를 한 팔
         로 어깨 안아주는 이준

이준   (눈물 나는 거 참으며) 응. (상우 얼굴 잡고) 상우야, 넌 울어도
         돼~

상우   야….

         상우, 여전히 넋이 나가 있다. 그런 상우 보고 속상한 형들.
         옆에서 그들을 안타깝게 지켜보는 김 회장.

S#3.   **플래시백 – 창고 방**(5년 전, 낮)

         김 회장, 상복 입은 그대로 소파 옆 테이블에 현이의 작사
         노트를 놓고, 마지막 페이지 오른쪽 빈 종이에 글을 쓰기

시작한다. 그 위로 편지가 흐른다.

/벽에 썬더보이즈 잡지 속 사진을 붙이는 김 회장.

/벽에 썬더보이즈 사진들이 한 장 두 장 늘어간다.

/음료 화보까지 붙이고 나서, 현이의 사진을 손으로 쓰다 듬는 김 회장.

김 회장   [E] 너를 위한 작업실을 만들고, 비밀번호를 너의 생일로 입력할 때만 해도, 이 방이 영원히 주인을 만나지 못할 거라곤 생각 못 했다. 현이야, 너는 여기 없지만 너를 아꼈던 친구들에게 이 마트를 선물로 주려 한다. 너로 인해서 헤어질 수밖에 없었던 친구들이, 다시 이곳에서 모일 수 있기를. 보고 싶다… 현이야.

「사장돌 마트」 마지막회. 행복하자, 아프지 말고

S#4.   **보람마트 창고 방**(현재, 밤)
작사 노트를 손에 쥔 호랑, 나머지 사장들 모두 가슴이 뭉클하다.

호랑 보람마트… 그냥 주신 게 아니었어.

상우 현이 형한테 갈 선물이, 우리한테 온 거예요.

영민 (사진들 둘러보며) 어떤 마음으로 이 사진들을 다 붙이셨을
까. 정작 현이는 한 번도 못 보고…. (울컥)

태호 (눈빛 단호해지며) 마트… 무슨 일이 있어도 지켜야 돼!

예림 우리한텐 증거 영상이 있잖아요. 그거 갖고 경찰서 가요.

이준 OK, 노트북 갖고 올게.

하고 이준이 방에서 나오는데, 방 입구에 들어서는 남자.
지욱이다.

지욱 (날카로운 눈빛으로) 증거가 뭔데?

사장들, 깜짝 놀라 지욱을 본다. 지욱, 방안으로 성큼 들어
온다. 실실 비웃으며 손에 이준의 노트북을 들어 보인다.

지욱 이거 말하는 거야?

이준 (놀람) 헉!!! 내놔요~ 내 노트북~.

지욱, 대답 없이 벽에 붙어있는 사진들을 쭉 둘러보다가 테
이블에 놓인 사진 액자를 본다. 보고 있자니 점점 더 울화
가 치민다. 불안하게 보는 사장들과 예림.

호랑	저 사진 뭡니까? 당신, 현이랑 무슨 관계에요?
지욱	(뒤돌아 호랑 보며) 알아서 뭐해? 관심 꺼. (노트북 들어 보이며 이준에게) 이 안에 다 있는 거지?
이준	(당황해서 어색하게 거짓말) 없어요~
지욱	(매섭게 노려보며) 거짓말이면 죽는다. (하며 노트북을 내리칠 듯 공중에 확 들어올리는데)
이준	(화들짝 놀라서) 안 돼~~
민수	[E] 최호랑~~ 최호랑!!!

밖에서 민수가 부르는 소리가 들린다. 밖을 돌아보는 호랑

S#5. **보람마트 안. 밤**

호랑, 매장으로 나오는데 민수가 호랑에게로 뛰어오며

민수	빅뉴스! 보람마트 상속인 따로 있대. 이지욱 그 새끼, 1순위 아냐.
호랑	(놀람) 네??

민수와 호랑에게로 걸어들어오는 지욱. 그 뒤로 사장들과 예림도 마트로 나온다. 지욱 보고 당황하는 민수.

지욱   (싸늘하게) 방금 뭐라고 했어? 다시 얘기해 봐.

민수   (당황) 아… (대놓고 지욱에게) 이지욱 그 새끼! 1순위 아냐!…
       라고요.

지욱   (열받지만 참고) 그 앞의 말~ 상속인이 뭐라고?

민수   보람마트 상속인이… (망설이다가) 송민철, 김선진 씨랍니다
       ….

사장들 모두 놀란다. 지욱 역시, 예상치 못했던 듯 눈빛이
흔들리는데.

지욱   (생각에 잠겨서) 그래서… 그 사람들이 상속받겠대?

민수   유산 싫어할 사람 있겠습니까?

지욱   (생각에 잠겨 나가다가 민수 어깨에 손 올리며) 우리, 같은 편 아
       니었나? 또 박쥐 같은 짓 하면, 당신 몫은 없어. (하고 나간
       다.)

사장들 (일제히 민수를 노려본다.)

이준   (지욱 뒤에 대고) 내 노트북은요~~ 주고 가요!!

가버리는 지욱. 이준, 왕짜증 나고 나머지 사장들은 민수를
노려본다. 눈치보는 민수.

태호   (열받) 대표님~ 저 인간 밑에서 그동안 첩자 노릇했어요?

민수	(민망해서 죽는소리) 나도 먹고살아야지. 고사리 혼자 버는 걸로 사무실 운영 힘들어~
영민	(배신감) 와 진짜… 믿을 놈 없구먼.
민수	뭐? 놈?!!
예림	그 얘긴 나중에들 하시고요~ (민수에게) 상속인이 누구신 거예요?
사장들	(모두 표정이 굳는다)
호랑	(표정 진지해지며) …현이 부모님이야.
예림	(놀람) 네?
상우	(민수에게) 현이 형이랑 이지욱 저 사람 무슨 관곈데요~? 같이 찍은 사진이 있어요.
민수	현이 외사촌이래.
사장들/예림	네??

S#6.   보람마트 입구 밖, 밤

노트북을 들고 생각에 잠겨 걸어나오는 지욱. 걸음이 느려지면서 그 자리에 멈춘다. 한숨을 쉬며 얼굴을 쓸어내린다.

민수	[E] 보람마트 상속인이… (망설이다가) 송민철, 김선진 씨랍니다….

보람마트 안, 밤

민수의 얘기를 듣고 있는 사장들, 예림.

민수   현이 보내고 나서 연락을 다 끊으셨나 보더라고. 주변 가족

         들도 소식을 모른대.

상우   부모님이 안 나타나시면 마트는 땅 주인한테 넘어가는 거

         잖아요.

영민   아냐. 그 인간이 영업 정지 조작한 거 찍혔잖아?

태호   증거로 내면 마트는 다시 우리 거야. (이준 보며) 원본 있지

         이준아?

이준   (슬픔) 내 노트북…. 그래도 (고프로 눈앞에 보여주며) 원본은

         무사해.

호랑   (고프로 보며 눈빛 날카로운) 그것만 갖고는 불안해서 안 되겠

         어.

이준   왜??

민수   (거들먹거리며) 증거 있음 뭐해? 내일 당장 철거한다고 밀고

         들어오면 어떡할래?

호랑   철거만이라도 막아야 돼. 우리 현이 부모님을 찾자.

사장들/예림   (호랑 보는)

민수   (궁금) 무슨 수로?

호랑   (짜증) 아 첩자한테 정보 공유 안 해요~ (하고 나간다.)

민수   (가는 호랑 뒤에 대고) 야~ 미역 알려줬잖아~~.

트럭안,밤

주차장에 주차된 트럭 안. 운전석에 호랑이 탄다. 조수석에 가득 쌓여있는 탄원서 종이를 보더니 들어서 본다. 실내등을 켜고, 라디오도 켜고, 탄원서 글을 읽는다.

DJ   [F] 마지막 신청곡 사연 만나볼게요. 오늘 생일을 맞은 주인공인데요. 바로 저희 담당 PD인 송지선 PD의 사연입니다.

탄원서를 보던 호랑이 고개를 든다. 라디오에 집중한다.

DJ   [F] 신입 PD 시절, 제가 처음으로 섭외한 톱가수가 갑자기 펑크를 냈어요. 사표 쓸까, 잠수 탈까 고민하고 있을 때 복도에서 마주친 천사들. 갑작스러운 요청에도 즐겁게 출연해 주신 썬더보이즈에게 뒤늦게 감사한 마음을 전하며 그들의 곡을 신청합니다.

이어서 썬더보이즈의 노래가 나온다. 멍해진 호랑. 가슴이 뭉클해져 온다. 그러다 문득 떠오르는 생각. 호랑, 전화를 꺼내 '송지선 PD'에게 전화를 건다.

호랑   (전화 통화) 송 PD님 라디오 잘 들었습니다. 혹시 저도 사연 보내면 라디오에 소개해 주실 수 있나요? (듣다가 놀람) …

네? 직접 출연을 하라고요? (멍하다.)

S#9.　　**방송국 로비, 낮**

송 PD와 작가, 목에 출입증을 패용하고 걸어온다. 송 PD
는 통화 중.

송 PD　　(전화 통화) 네~ 호랑 씨 오셨어요? 들어오세요~.

하고 전화를 끊고 입구를 바라보는데 입이 떡 벌어진다. 옆
에 작가 역시 넋을 잃고 바라보다가 송 PD에게,

작가　　(시선 고정하고) 마트 사장님들이라면서요. 아이돌인데요…?
송 PD　　(눈에 하트 뿅뿅) 역시 나의 최애 아이돌….

그들이 보는 시선에, 눈부신 비주얼을 뽐내며 들어오는 썬
더보이즈 다섯 명이 있다. 카리스마 넘치는 시선으로 센터
에서 걸어오고 있는 호랑. 반항적인 표정으로 주변 사람들
에게 시크한 미소를 던지는 태호. 끝장 비주얼로 런웨이 모
델처럼 미모를 뽐내는 이준. 섹시한 메이크업과 의상을 입
고 한쪽 머리를 넘기며 들어오는 영민. 귀엽고 신비로운 외
모로 미소를 띠고 걸어오는 상우. 지나가는 모든 사람들이

넋 놓고 그들을 본다. 핸드폰으로 촬영을 하는 사람도.

호랑   (옷이 불편해 죽겠다) 라디온데, 이렇게 입고 가는 거 오버 아니야?

이준   (아는 척) 요즘은 다 보이는 라디오야~ 전 국민이 볼 텐데 비주얼 신경 써야지.

상우   (영민 보며) 근데 영민이 형, 옷이 어디까지 파인 거예요?

영민   (몸을 떨며) 추워 죽겠어… 이준이는 어디서 이런 옷을….

이준   (호들갑) 야!! 저기 아이돌 지나간다! '빌런즈' 한요한이야~.

태호   (괜히 허세) 에이, 화면발이었네~ 이준이 네가 더 낫다!

하는데 그들 앞에서 손을 살랑살랑 흔드는 송 PD와 작가

송 PD   (친절 듬뿍) 호랑 씨 이쪽이에요~~.

춥다고, 아이돌 봤다고 호들갑 떨던 사장들, 순식간에 시크하고 멋있는 표정으로.

S#10. **라디오 부스, 낮**
부스에 앉아 써온 사연을 읽고 있는 호랑

호랑	(사연 읽는) …그 이후부터 땅 주인은 마트를 무조건 철거하라고 합니다. 저희 사장들은 마트를 꼭 지키고 싶습니다.
DJ	네~ 지금 청취자들 댓글이 엄청납니다. 읽어주세요. 은영민 사장님.
영민	(긴장) (싱글벙글) 일단… 아부지~ 지 라디오 나왔어유. 저 보여유?
태호	(영민 밀치고 나서며) '땅 주인 나빠요' '마트 어딘가요? 지키러 갈게요' 보내주신 댓글 감사합니다. (카메라 보고) 누나~ 나 잘했지?
이준	(모니터 보고) 이 댓글은 저한테 온 건가 봐요. '마트 복지 끝내주네요. 사장님들 비주얼이 후덜덜' 감사합니다. (카메라에 손 하트와 윙크)
DJ	(웃고는 댓글 보다가) 근데 이 댓글들은 뭐죠?
호랑	(모니터를 보고 뭉클) …보고 싶었어요… 썬더보이즈.
사장들	(모두 감격)
DJ	'보고 싶었어요. 썬더보이즈'가 지금 댓글 창을 도배하고 있습니다. 사실, 이 사장님들 전직이 아이돌이셨대요. 지금 소감이 어떠세요?
호랑	(가슴 뭉클) 저희를… 기억해 주셔서 감사합니다. 저의 20대는 이룬 것도 없이 끝났다고 생각했거든요. 서른을 앞두고 큰 힘 주셔서 감사합니다. 오늘의 응원, 잊지 않겠습니다.
상우	마지막으로… 할 말 있어요. 저희 보람마트에서 많이 행복

했어요. 혹시 이 방송 어딘가에서 듣고 계시다면… 현이 형 부모님. 우리들의 보람마트를 지켜주세요.

사장들, 모두 결연한 눈빛.

S#11. **방송국 건물 입구, 낮**

사장들 모두 입구에서 일렬로 걸어 나온다. 모두 정면보며 결연한 눈빛.

태호　　　(눈빛 이글이글) 나 지금 땅 주인 열 명이 덤벼도 안 무서워.

영민　　　5년 만에 우리 백만 볼트 팬심 확인했겠다. 무서운 게 없는 겨!

이준　　　그까짓 노트북 개나 줘버려! 마트 지키는 게 더 중요해!

상우　　　(호랑에게) 현이 형 부모님도 저희 사연 들으셨을까요?

호랑　　　(걸어 나오다 멈추고) 못 들으셨으면, 계속 얘기하지 뭐. (양손 입 옆에 대고 길거리 사람들을 향해) 보람마트가 사람을 찾습니다~~. 송민철, 김선진 씨~~~!!

태호　　　(호랑에게 정색하며) 야! (말리는 줄 알았더니) 목소리가 그게 뭐냐. (나머지 사장들에게) 보람마트가~~.

사장들 셋　　　(사람들에게 샤우팅) 사람을 찾습니다~.

상우　　　(형들 앞에서 말리며) 들으신 거 같아요. 확실해요. 가요 형들.

지나가는 사람들 쑥덕거리며 웃고, 형들 잡아끄는 상우. 끌려가면서도 외치는 형들.

S#12.　　**보람마트 입구 밖, 낮**

사장들이 들어오는데, 매장 앞에 손님들이 잔뜩 모여있다.

태호　　손님들, 무슨 일이에요?

손님1　　라디오 듣고 왔어. 웬 사기꾼 때문에 마트 철거하게 생겼대매?

이준　　(얼굴에 화색) 라디오 나간 보람 있네? 제 얼굴도 보셨어요?

손님2　　그럼~ 잘생기고 착한 사장들 불쌍하다고 난리야 지금~

손님3　　(흥분) 어떤 썩을 놈들이 마트 부수고 술집 짓는대?

영민　　역시, 우리 손님들 의리 짱이라니까.

사장들 모두 손님들을 흐뭇하게 보고 있는데.

현이 모　　[E] 호랑아~~.

호랑, 뒤를 돈다. 다른 사장들 역시 뒤를 돌아 소리나는 곳을 본다. 모두의 눈빛이 반가움으로 변한다.

지욱 사무실, 낮

책상 위에서 이준의 노트북으로 영상을 보고 있는데 화면
에, 지욱이 진열대에 반품을 넣어놓는 장면이 나온다. 확
열받는 지욱

지욱   (자리에서 벌떡 일어나 고래고래) 이거 뭐야! 이런 씨… 이 새
       끼들, 이거 언제 찍었어?!

씩씩거리며 화면을 보다가 사무실을 나간다.

S#14.   **보람마트 안, 낮**

마트 여기저기를 둘러보는 현이 부모님. 현이 부는 털모자
를 푹 눌러쓰고 있다. 벽을 만져보기도 하고, 천장까지 애
정 어린 시선으로 둘러본다.
그런 부모님을 멀리서 지켜보는 사장들.
현이 부모님, 카운터로 와서 손으로 여기저기를 매만진다.
추억에 젖는 듯,

현이모   여긴 아버지 계실 때랑 변한 게 없네. 그렇게 발품 팔아서
         들여놓으시더니… 아직 튼튼해…
현이부   장인어른이 계산기에 먼지 쌓이면 돈 줄 막힌다고 맨날 닦

228

으셨는데 (얼굴에 미소 가득) 사장들이 관리를 잘 했나 봐. 먼지 하나 없어.

현이모　마트를 어떻게 이렇게 잘 꾸렸어? 대견하네. (미소)

호랑　(조심스럽게) 그동안… 잘 지내셨어요?

현이 부모, 답을 하지 못하고 어색하게 미소만 짓는다. 모두 말이 없어지는데. 상우가 현이 부모에게 음료수를 내민다. (꿀차 같은 건강 음료)

상우　(미소) 음료 코너 사장이 드리는 서비스예요. 드세요.

현이모　(음료수 받고 미소) 우리 아버지 여기 사장이었을 때, …현이가 손님 오시면 꼭 음료수를 내왔어. (미소 짓는데 눈가가 촉촉)

현이부　지 돈도 아니면서 그 녀석은… (하고 웃는)

그 모습 보는 사장들, 따라 웃으면서도 마음이 뭉클해져 온다.

S#15. 보람마트 매장 밖, 낮

매장 문밖에서 그 모습을 지켜보고 있는 지욱. 지욱이 보는 시선에, 현이 모가 사장들을 보고 웃고, 현이 부가 사장들의 어깨를 다독여준다. 그 앞에서 서로 먹을 것을 드리고 어깨 안마해 드리는 사장들. 지욱, 서운함과 질투, 배신 감으로 눈빛이 매섭게 변해간다.

지욱   (자조적인) 그래… 당신들한테 난, 남보다 못한 놈이지?

지욱, 지갑에서 사진을 꺼내 원망, 서운함이 가득 담긴 눈 빛으로 본다. 10살 지욱, 5살 현이, 그들 뒤에서 웃고 있는 중년 남녀(송민철, 김선진)의 사진.

10살지욱   [E] 새아빠랑 살기 싫어요~ 나 미국 안 가고, 한국에서 이 모랑, 이모부랑, 현이랑 같이 살면 안 돼요?

지욱   (사진을 보다가 툭) 의미 없다. 나한테, 누가 있냐. 하고는 사 진을 있는 힘껏 구겨 버린다. 화가 나서 그대로 가버린다.

S#16.   **보람마트 안, 낮**
현이 부모, 사장들의 얘기를 듣고 있다.

영민   땅 주인이 마트 부수고 건물 세운데요~
태호   매일 와서 저희 협박한다니까요.
현이부   지욱이… 그렇게 비뚤어진 애 아냐.

이준   (귀를 의심) 네?? 잔뜩 비뚤어졌던데요? 현이랑 외사촌이라
      면서요. 둘이 너무 달라요.

현이모 (사장들에게 와서) 지욱이 10살 때까지 우리랑 같이 살았어.
      현이한테 얼마나 좋은 형이었다고. (마트 둘러보며) 여기가
      다 놀이터였는데…. (하며 추억에 빠진다.)

      그런 현이 모를 지켜보는 호랑, 생각에 잠긴다. 추억에 잠겨
      마트를 둘러보는 현이 부모님. 태호 역시, 현이 부모님을 보
      며 머릿속이 복잡해진다.

S#17.   술집, 밤

      사장들과 예림, 테이블에 각자 술잔 올려져 있고, 궁금한
      눈빛으로 호랑을 본다.

예림   호랑 사장님, 할 말이 뭔데요? 설마 이 자리 쫑파티 아니죠?

태호   설마~ (호랑 보며) 무슨 얘긴데 무게 잡고 그래?

호랑   (결심한 듯) 이준아, 카메라 갖고 왔어?

이준   (주머니에서 꺼내며) 어, 여기.

      호랑, 이준이 건넨 카메라를 받고 들여다본다. 카메라 보며,

호랑	이 안에 있는 영상이면, 우리 영업 정지 무죄 받을 수 있지?
이준	당연하지. 그거면 그놈을 그냥~.

그 순간 호랑, 카메라를 맥주잔 안으로 퐁당 빠뜨리려는!

사장들/예림	(깜짝 놀라) 헉!!!!

그런 사장들과 예림 보고 픽 웃으며 손바닥에 카메라 보여주는.

영민	미친 거?! 그런 장난을 왜 해~
호랑	(표정 진지해지며) 장난이 아니라… 우리 이거 버릴까?
태호	(웬일로 가만히 호랑을 보고만 있다.)
이준	야, 마트 지키려고 이 난리를 치고 있는데, 증거를 왜 버려? 그리고 그거 내 카메라야~~ 얼마 짜린 줄 알아?
태호	(흥분하지 않고 가만히) 너, 현이 부모님 보고 마음 바뀐 거지?
이준/영민	뭐?
호랑	응… 아무래도 보람마트는 현이네 가족들한테 돌려줘야 할 거 같아.
사장들/예림	(모두 진지한 눈빛으로 호랑을 본다.)
호랑	보람마트 덕에 우리가 다시 모이고, 일하면서 참 많이 배웠잖아? 썬더보이즈가 사랑받은 팀이었다는 것도 알게 되고.

그거면 됐어 난. 너희들은 어때?

사장들 모두, 깊은 생각에 잠긴다.

상우 저도 현이 형 부모님 보면서 비슷한 생각 했어요. 가족들의
      추억이 담긴 곳인데, 저희가 돌려드려야 되지 않을까요?

영민 그래… 부모님이 현이 작업실 보시면 얼마나 좋아하시겠어.

이준 (고개 끄덕) 큰 위안 되실 거야….

호랑 사장들끼리만 얘기하는 것도 미안하네. 예림이 생각은 어
      때? 알바 자리 없어질지도 몰라.

예림 저는 계획이 다 있다니까요. 요즘 그거 준비하느라 바빠요.
      (미소)

호랑 그래, (태호에게) 태호 너는?

태호 (굳은 얼굴로 입을 연다) 난 이기적인 놈인가 봐. 다 이해하고
      알겠는데… 정든 손님들을… 포기하는 게 힘들어. 복순 할
      매 나 아니면 스티커 안 맡기는데… 도윤이 녀석 라면도 그
      만 먹게 해야 하고…. (마음이 복잡한)

호랑 (태호를 본다.)

태호 시간을 좀 주라….

하고 일어나 나가는 태호. 나머지 사장들, 애잔한 맘으로
태호를 본다.

S#18. **보람마트 안, 밤**

불이 반쯤 정도 켜진, 소등된 매장 안. 카운터 앞에 서 있는 태호. 포스기를 지그시 바라본다. 아련한 눈빛.

태호   [E] 제가 외치는 컨셉에 가장 어울리는 포즈를 해주신 손님께 추가로 10% 할인 갑니다~.

[INS] 플래시백 1(2화)

손님들   (민망해하면서도 각자 최선을 다해 포즈를 취하는데)

태호   (그중 한 손님을 골라) 가운데 꽃무늬 입은 할머님, 당첨!!

[INS] 플래시백 2(6화)

긴장 풀려서 자리에 주저앉는 태호.

태호   와… 이게 되네? 나 어마어마한 거래 딴 거야… 그지?

[INS] 플래시백 3(7화)

복순   내가 돈은 없고 줄 게 이거밖에 없어.

    / 스티커 바꿔서 좋은 거 사 먹어, 잉?

태호, 마트 입구에 서서 복순에게서 받은 포인트 종이 '고맙읍니다 사장님' 글씨를 보고 있다. 마트 전체를 눈으로 둘러본다. 마음이 복잡하다.

S#19. **보람마트 안**(다음날, 낮)

현이 모, 노트를 받아 현이 부와 함께 넘겨본다. 노트를 넘길 때마다 가슴이 먹먹해져 온다. 마지막 페이지. 김 회장의 편지를 보는 현이 부모, 눈시울이 뜨거워지는데. 그때, 태호가 현이 모 앞에 고프로를 내민다.

현이모   (카메라 손에 받고) 이게 뭐야?

태호   영업 정지 풀어주는 요술 카메라요. (미소) 그거 있으면, 저희 마트 장사 계속할 수 있는데요. 맘 바뀔까 봐 드리는 거예요.

사장들   (뒤에서 흐뭇한 눈으로 태호를 지켜본다.)

현이부   그렇게 중요한 걸 왜 주는데?

호랑   (단호한) 저희 대신, 보람마트 지켜주세요.

현이모   뭐?

영민   밖에 시뻘건 글씨 보셨잖아요. 이대로 두면 마트 철거돼요. 그래도 괜찮으세요?

현이 부모, 카메라를 받아들고 고민에 빠진다. 그때, 마트 안으로 지욱과 작업복 남자들이 들어온다. 사장들, 표정이 굳는다.

지욱   (사장들에게) 노트북에 있는 영상 뭐냐? 원본 어딨어?!

현이 부모 뒤돌아 지욱을 본다. 지욱, 현이 부모를 보고 안
색이 변한다.

현이부모   (반가워하며) 지욱아~!!
지욱   (당황하며 시선을 외면한다.)
현이모   (지욱에게 와서) 잘 지냈어? (여기저기 살피며) 왜 이렇게 말랐
           어? 통통했던 볼살이 하나도 없네.
지욱   (차갑게) 친한 척하지 마요.
현이모   (당황, 무안) 어…?
지욱   (뒤의 남자들에게) 작업하세요!
작업복   네!!!

[cut to]
마트의 불이 일제히 꺼지고, 남자들이 박스에 물건들을 거
칠게 담는다. 와장창 물건 떨어지는 소리들… 사장들 모두
어쩔 줄 모른다.

영민   (사장들에게) 이러다 마트 다 작살나겠어….

호랑   (간절한 눈빛으로 현이 모에게) 어머니….

현이모   (작업자들을 향해) 잠깐 멈추세요. 얘기 좀 하고요.

남자들 모두 작업을 멈추고, 지욱을 보면

지욱   (작업자들에게) 밖에 나가 계세요.

작업자들 우르르 나가고, 현이 모가 지욱에게로 온다.

지욱   (눈 안 마주치고) 무슨 얘길 하자고요?

현이모   지욱아. 마트 이대로 두면 안 되겠니? 여긴 가족들의 추억
         이 있잖아.

지욱   (싸늘하게) 그 추억에, 난 없어요.

현이모   왜 없어. 언니 재혼하고 현이랑 널, 형제처럼 키웠는데.

지욱   (욱해서) 형제처럼?!! 그래 봤자 친아들은 현이뿐이잖아요.
         내가 미국에서 혼자 어떻게 지냈는지 관심도 없었잖아요!!!

현이부   (미안) 미안하다. 많이 외로웠지? 우리가 무심했어….

지욱   (시선 외면) 됐어요.

현이모   (울컥) 지욱아 현이 가고 우리 둘 다 제정신이 아니었어… 이
         모부도 많이 아팠고…

지욱, 멈칫하고 슬쩍 시선을 돌려 현이 부의 털모자를 본

다. 머리를 온통 덮고 있는 낡은 털모자. 지욱의 가슴이 찌 릿 저려온다.

현이모   (지욱에게) 그동안 못 챙겨줘서 미안해.

현이부   (지욱 손에 카메라 쥐여주며) 이거 필요하면 가져가.

사장들   (그 모습 보고 놀라는데)

현이부   근데 지욱아, 우리… (손 꼭 잡고) 같이 마트 지키자. 같이 해 보자.

지욱, 마음에 파동이 친다. 현이 부의 눈을 똑바로 보다가 손을 내친다. 그때, 뒤에서,

경찰1   [E] 이지욱 씨.

모두 보면, 경찰 두 명이 마트 입구에 와 있다. 그 자리의 모 든 사람들이 보면,

경찰1   (지욱에게) 야간 주거침입 절도 혐의로 신고장이 접수돼서 요. 경찰서로 동행해 주셔야겠습니다.

지욱, 당황하는데 경찰 1 뒤에서 쓱 하고 민수가 나타난다.

민수   (지욱에게) 얌마! 내가 신고했다! 네가 자백한 거 내가 다 녹
         음했어. 어린놈의 자식이 입만 열면 반말 찍찍하고! 먼저
         인간이 돼라! 인간이!

         모두 놀란다. 지욱, 크게 한숨을 쉰다. 경찰 1에게 끌려가
         는 지욱

지욱   (자조적인 웃음) 하… 역시 믿을 인간이 없다니까. (자포자기.
         경찰 1에게 짜증 내며) 아 가요~~ 짜증 나.

현이부   (단호하게) 지욱아!

         지욱과 경찰 1 나가다 말고 뒤돌아서 현이 부를 본다.

현이부   (지욱에게) 경찰관 님 말씀 잘 듣고, 가서 얘기 잘하고 있어.
         (따뜻하게) 내가 뒤따라 갈게. 무서워하지 말고 가.

지욱   (애써 차갑게) 아 뭐 구경났어요? 어디 경찰서를 따라와요~?

현이부   (손 잡으며) 밖에서 기다릴게. 끝나고 돈가스 먹자.

지욱   (괜히 뻘쭘하게) 애예요? 돈가스 먹게….

현이모   (옆에 와서) 나도 따라갈게.

지욱   [OL] 아 이모는~~~ (순간, '이모'라고 한 게 민망) (현이 모에게
         카메라 주고 사장들 슬쩍 보며) 이거 나 필요 없어요.

의외라는 듯 보는 사장들. 지욱, 경찰 1과 가다가 고개만 뒤로 빼꼼히 돌려서 이모의 눈을 바라본다. 이모, 그런 지욱에게 미소를 짓는다. 뭔가 안심이 되는 얼굴로 뒤돌아 경찰 1과 간다. 그 모습 지켜보던 사장들 놀라며

영민   (눈을 의심) 아니… 땅 주인이 저런 사람이었어?

이준   (역시나 놀람) 애 같은 게 딱 신태호 수준인데?

태호   (버럭) 야!! 난, 돈가스 안 좋아해.

그런 태호 보고 호랑이 픽 웃는데, 현이 부모님이 다가온다.

현이모   너희들도 여기 정이 많이 든 거 같은데. 정말 괜찮겠어?

호랑   저희 모두 만장일치로 결정했어요. 마트 잘 부탁드립니다. 그리고 한 가지 더 부탁드릴 게 있어요. 손님들이랑 마지막 인사하게 해주세요.

S#20.   **보람마트 입구 밖**(며칠 뒤, 낮)

'영업 정지 마트 철거' 글씨가 깨끗하게 지워진 마트 입구. '한 박스에 9,900원' 쓰여있는 종이가 붙어있다. 주차장 한 가득 박스들이 놓여있고, 품목별로 종합선물세트가 담겨 있다. 손님들이 구경하면서 하나씩 들고와 사장들에게 만

원짜리를 건넨다.

이준   채소 세트, 과일 세트, 라면 세트! 한 박스에 무조건 9,900

원입니다!!

손님1   (아쉬워하며 이준에게) 오늘이 마지막이야? 아쉬워서 어떡해.

이준   (아쉬운 미소) 새로운 사장님들은 더 좋은 분들이에요. 아!

제 얼굴 보고 싶으면, 쭈니 J 구독하세요~ (핸드폰 꺼내다가

어딘가 보고 인상 팍) 아 사장님한텐 안 팔아요~!!!

점프슈트 입은 진성 사장, 마트 한 박스 슬쩍 들고 가려다

흠칫 놀라서 멈춘다. 영민, 와서 진성 사장의 박스를 그 자

리에 내려놓는다.

영민   손님들한테 서비스로 싸게 드리는 거예요~ 저희 마지막 영

업까지 이러실 거예요?

진성 사장   (뻘쭘해서) 어느 마트로 가는데? 진성마트 근처엔 얼씬도 마.

영민   걱정 마세요. (쓸쓸) 마트 장사는 이게 마지막이에요.

[cut to]

연습생 1, 3에게 박스 내미는 상우

상우   네들이 좋아할 만한 간식들만 담았어. (웃음) 세상 칼로리

높은 걸로.

연습생1   (짜증) 하, 완전 악마라니까.

상우   (듣자마자 바로) 싫으면 말구.

하고 박스 가져가려는데 연습생 1, 자신의 핸드폰을 상우
앞에 툭 내민다. 상우, 뭐야? 싶어서 연습생 1을 보는데

연습생1   (눈 못 보고) 번호 찍어요. 안무 막히면 전화할게요. (툭) 형….

상우   (형 소리에 감동. 기분 좋은) 나 잡상인에서 형으로 승진한 거
야? (핸드폰 받아 번호 찍으며) 기념으로 번호 준다!

연습생3   (그런 상우 보며 툭) 아니 형은, 뭐 한다고 우리만 보면 잘해
줘요?

상우   (문득 고개 들어 생각) 나도 우리 형들 보고 배운 거야…. (그
러다 박스 확 내밀며) 야! 무거워! 맘 변하기 전에 갖고 가!

[cut to]
호랑과 예림, 미소 지으며 손님들을 지켜보고 있다. 그러다
호랑, 예림에게

호랑   너한테 제일 미안하다. 우리 때문에 알바 자리도 없어지
고… 새 사장님한테 말씀 드려볼까?

예림   (여유만만) 저 일자리 생겼는데요? 이제 알바 안 할 거예요.

호랑	(놀람) 취직했어?
예림	음… 나중에 아시면 놀라실 거예요. (웃음)
호랑	(궁금) 뭐지…? 사장이라도 됐나?
예림	(웃다가 멈추고 호랑의 눈치 보며 표정 관리)

[cut to]

태호, 복순에게 종이들을 내민다.

태호	포인트 종이에요. 새로 온 사장님들한텐 얘기해놨으니까, 여기다 스티커 붙여 달라고 하면 돼요. 봐봐요. 포도, (종이 넘기며) 이건 샤인 머스캣, 이건 거봉이요. (웃음) 저 완전 잘 그리죠?
복순	(웃지 않고) 아주 가는 거야? 다시는 안 와?
태호	아 앞으로는 새 사장님들한테 정붙여요~.
복순	(태호의 손을 꼭 잡는다) 여기 오는 게 하루 낙이었는데. 그동안 고마웠어. 사장님~.
태호	(뭉클. 손 잡은 채로 꾸벅 인사) 제가 더 고마웠습니다. 이복순 손님….

[cut to]

손님들이 박스를 들고 마트 주차장을 떠난다.

그 모습을 쓸쓸하게 지켜보는 사장들과 예림.

이준	보람마트랑 진짜 이별이네. 손님들이랑 인사하고 나니까 실감난다.
태호	난 속 시원해. 너희랑도 지긋지긋했어.
상우	(태호 얼굴 보며) 근데 태호 형 눈에 눈물 고인 거 같은데?
영민	(이미 울고 있음) 태호도 울어~?
태호	(얼굴 감추며 괜히) 내가 너냐…

모두 뒤돌아 보람마트를 본다. 많은 생각들이 스쳐 지나 간다.

[INS] 플래시백

- 호랑이 고구마 박스를 가져오면 태호가 쌓아서 진열한다.

- 창고에서 소금 간 연습하고 있던 이준

- 중국, 백반집 사장들 앞에 당당히 나섰던 태호

- 미역국 솥 앞에서 웃으며 서 있는 영민

- 팔순 잔치에서 기타 치며 노래 불렀던 상우

- 창고에서 다부진 눈빛으로 CCTV 모니터 조작하는 예림

- 생일 축가 부르는 사장들. 모두 환하게 웃는 얼굴

마트를 바라보며 모두 추억에 잠긴 얼굴

호랑	여기서 보낸 시간들. 평생 못 잊을 거야. 선물 같은 시간이

었다….

예림   이젠 손님으로 놀러 오면 되잖아요.

이준   (아쉽) 우리 진짜… 이렇게 헤어지는 거야?

태호   아니지. 상우 본선 가면 다 같이 응원 가야지.

상우   (어이없다는 듯 웃는) 아직 예선도 시작 안 했어요. 다음 주예
      요.

영민   (열의 넘쳐서) 플래카드는 나한테 맡겨. '우유 빛깔 윤상우!'
      목청 터지도록 외칠 꺼!

상우   (웃으며 만류하는) 아 창피해~ 오지 마요 진짜~.

S#21. 오디션 예선방, 낮

심사 위원 세 명, 책상에 앉아있다.

스태프   [E] 윤상우 씨 들어오세요~~.

당당하고, 빛나는 눈빛의 상우. 기타를 들고 들어온다.

심사위원1 (서류 보면서) 전직이 썬더보이즈 멤버였네요? 이후엔 활동
      이 없었나 봐요?

상우   (눈빛 당당) 있었어요. 저를 성장시켜주고, 꿈을 응원해 줬던
      활동이 있었습니다. 제 소개하겠습니다. 전직 보람마트 음

료 코너 사장 윤상우입니다. (꾸벅 인사하는)

심사 위원들, 픽 웃는다. 전혀 꿀림 없이 기타 연주를 시작하는 상우. 노래를 시작하자마자 놀라는 심사 위원들.

S#22. **박씨네 청과. 낮**

호랑, 트럭에서 고구마를 내리고 있다. 거의 에너자이저급.

태호 [E] (숨찬 목소리) 야 쉬었다 하자~~~.

호랑, 트럭 아래 내려다보면 태호가 아예 바닥에 주저앉아서 헥헥거리고 있다.

호랑 뭘 얼마나 했다고 벌써 쉬어?

태호 (죽는 소리) 팔이 빠질 거 같애~

예림 [E] 벌써 쉰다구요?

호랑과 태호 뒤를 보면, 예림, 카리스마 넘치는 모습으로 보고 있다.

호랑 (예림에게) 오 사장님~ 태호가 힘들다고 쉬재요~.

예림	이러시면, 다음 알바 없어요~.
태호	(벌떡 일어나며) 뻥이에요~. 몇 트럭도 가능합니다!! (그러다가 호랑에게만 들리게) 예림이 사장되더니 무서워졌다?
호랑	(웃으며) 무서워? 귀여운데….
태호	헐….

호랑과 태호를 보고 미소짓는 예림. 옆으로 오는 박 사장. 흐뭇한 미소.

박 사장	(싱글벙글) 역시, 오 사장이 오니까 일이 술술 풀리는구먼.
예림	제가 드린 '박씨네 청과 5년 계획안'은 다 읽으셨어요?
박 사장	(당황) 요즘 눈이 더 침침해져서… 아유, 자료가 너무 두껍더라고.
예림	(정색) 그래서, 안 읽으셨다고요?
박 사장	(쩔쩔매며) 이번 주 안에 다 읽을게.
예림	꼭이요! 다음 주엔 못난이 청과물 직거래 어플, 미팅 있는 건 아시죠?
박 사장	(구시렁) 호랑이 사장이 따로 없다니까. 먼저 간다~. (가는)
예림	(가는 박 사장에게) 내일 미팅 늦으시면 안 돼요~.

호랑, 웃으면서 예림 옆으로 온다.

호랑	(웃으며 예림에게) 늦었지만, 사장된 거 축하한다.
예림	처음에만 좋았지. 너무 바빠요. 사장이 이렇게 힘든 거였어요?
호랑	글쎄… 사장되자마자 백수 돼서 모르겠는데. (웃음) 힘들면 언제든 연락해. 고기 사줄게.
예림	(허리 두드리며 일부러 큰소리로) 아이구… 힘들어 죽겠네. 단백질이 부족한가. (슬쩍 호랑 보며) 고기 오늘 먹어야 될 거 같은데.
호랑	(예림 보고) 1시간 내에 일 끝낼게. 기다려.
예림	(좋아서 눈 커짐) 정말요? 신난다~~.
호랑	(태호를 향해) 태호야~~ 너도 밥 먹으러 갈래?
태호	(거들먹거리며) 나도 고기 약속 있거든~ 둘이 먹어.
호랑	그래. 할 수 없지. (하는데 예림이 보면서 웃는)

태호, 쓸쓸하다. 예림, 그저 좋아서 호랑을 보고 있다. 그 모습 지켜보는 태호.

S#23.   **야외 공원, 낮**

선글라스 끼고 잔뜩 멋 부린 영민, 그 옆에 팔짱 끼고 있는 지나. 둘이 걸어간다.

영민	(선글라스 벗으며) 이래도 돼? 사진 찍히면 어쩌려고?
지나	나 메이크업 안 하면 사람들이 잘 못 알아봐. (웃음)
영민	(미소) 내가 매니저 코스프레 잘 해 볼게.
지나	(웃음) 자연스럽게 해. 찍히면 찍히는 거지 뭐. 아 근데, 나 사투리 좋아하는데 왜 고쳤어?
영민	(기뻐하며) 그려~~~~? 니가 좋아하믄 나도 좋은 겨!
지나	그리고 나 그때, 고등어구이 정말 먹고 싶었는데… 아쉬웠엉….
영민	그랴? 내가 백 번 잘못했네. 가자. 당장 구워 줄게!
지나	잘못했으면, 내 고등어구이는 평생 네가 책임져.
영민	(감격해서 기절 직전) 평…생? (흥분) 아 고등어뿐이여? 꽃등심, 살치살, 갈빗살, 토마 호크~ 너의 모든 고기는 내가 책임질 겨!!

까르르 웃으며 영민 보는 지나, 그런 지나 보고 헤벌쭉 웃는 영민.

S#24. 고깃집, 낮

태호, 태영에게 고기를 구워 주고 있다.

태호	누나 많이 먹어~ 더 시켜! 고기 노래를 불렀잖아.

태영	(고기 먹으며) 투뿔 한우도 아니고 삼겹살로 생색은⋯.
태호	(진지하게) 누나. 엄마 아빠 대신에, 나 키워줘서 고마워. 앞으로 내가 더 잘할게.
태영	(젓가락을 놓친다) 너⋯ 또 사기당했어? 이번엔 얼마야?
태호	그런 거 아니거든. 나 철들었어. (허세 떨면서 태영의 테이블 앞에 쿠션을 쓱 들이민다.) 자, 이건 선물.

태영, 의외라는 듯 기대하며 쿠션을 열어보는데. 이미 쓰고 바닥이 보이는 쿠션.

태영	(승질) 그러면 그렇지!! 쓰던 걸 줘? (쿠션을 태호에게 홱 준다.)
태호	뭐?!! (쿠션 받아서 열어 보고 너덜너덜한 퍼프 집어 올리며) 이게 뭐야!! 누가 썼어~~.

S#25. **플래시백 – 라디오 부스, 낮**

이준, 서서 영민 얼굴을 쿠션으로 두드려 주고 있다.

이준	자, 다음!! (하고 옆의 상우로 이동하는데)
영민	벌써 끝이야? 더 해줘~.
이준	태호 오기 전에 빨리 끝내야 돼.

하고 상우 얼굴을 퍼프로 두드려 준다. 그리고는 옆에 호랑 쪽으로 가서

이준   넌 필요 없지?

호랑   필요 있어. (하고 두드리라는 듯 양 볼을 손가락으로 톡톡 두드린 다.)

태호   [E] 니들 뭐 하냐~.

태호가 나타나자, 쿠션 탁 닫고 뒤돌아 아무 일 없던 척 태 호 보고 웃는 이준

S#26.   **고깃집**(현재, 낮)

태호   (열받) 아씨~ 조이준~~ 가만 안 둬~~!!!!

S#27.   **라디오 부스, 낮**

마이크 앞에 앉은 이준. 세상 화려한 색깔의 의상을 입고 있다.

이준   (열변을 토하고 있는) 여러분~ 연말은 비비드죠! 알죠? 원색! 파스텔 톤? 이런 거 노노~ 쩡~한 산타클로스 레드! 이런

거 강추해요. 비비드 컬러로 우리 모두 텐션 업! 패피 되는 거예요? 오케이? 연말엔 어두운 옷 손절하기~~ DJ 누나도 약속~.

DJ   (웃으며) 네~ 지금까지 일일 게스트 쭈니 J와 함께 했습니다.

이준   (미소) 벌써 끝이에요? 다음에도 또 불러주세요~ Happy new year~.

DJ   (웃음) 네. 마지막으로 쭈니 J 앞으로 온 댓글 하나 읽어주고 가세요.

이준   (모니터 보고 읽는) 'Hey, 백수. 서른의 첫날, 떡국이나 먹자. - 어흥'

DJ   (궁금) 누구한테 온 거죠?

이준, 씩 미소를 짓는다.

S#28.   **보람마트 안**(며칠 뒤, 낮)

인스턴트 쌀 떡국 6개를 바코드로 찍고 있는 손. 그 모습을 지켜보는 호랑. 답답해 죽겠다.

호랑   한 번만 찍고 6 입력하면 되는데, 어느 세월에 그걸 다 찍어요?

호랑의 맞은편에 바코드 들고 있는 지욱이 서 있다.

지욱   (버럭) 야!!!
호랑   (안 쫄고) 왜!!
지욱   (깨갱) 다시 얘기해 봐… 뭐 어떡하라고?
호랑   (픽 웃고) 오늘만 특별히 알려드리는 거예요~.

후다닥 수첩 꺼내서 메모하려는 지욱. 그 모습 보고 귀엽
다는 듯 웃는 호랑.

S#29. 보람마트 입구 밖(낮)

입구 밖의 파라솔 테이블에서 인스턴트 떡국을 먹고 있는
사장 다섯. 한쪽에 뚜껑 덮힌 주인 없는 떡국이 하나 놓여
있다.

호랑   (먹다 말고 뭔가 생각난 듯) 아! 먹기 전에 얘기했어야 되는데.
           (멤버들에게) 야, 새해 복 많이 처받아라!!
태호   아유… 말 싸가지하고는, 저게 서른이다.
이준   하… 새해부터 또 싸우냐. 떡국 먹으면서는 원래 덕담하는
           거야~.
태호   (어색하게 호랑에게) 최호랑, 새해엔 중장비 기사 돼라.

호랑	쉬었더니 찾는 데도 없고. 겨울이라 공사 일도 없다.
영민	(떡국 국물 후후 불며) 나도 일 찾아야 되는데 고민이여.
상우	어? 영민이 형 다시 사투리 쓰네요?
영민	아 글씨… 지나가… 내 사투리가 섹시하쟈.
이준	(식겁하는) 아우~~ 떡국 올라올 거 같다.
호랑	(상우에게) 상우야. 본선이 다음 준가? 떨리지?
상우	신기하게 하나도 안 떨려요. 오랜만에 노래하는 게 즐거워요. 준이 형은 구독자 많이 늘었던데?
이준	만 명! 넘었잖아. 근데 혼자 하니까 재미가 없다. 니들이랑 보람마트에서 투닥거릴 때가 재밌었는데.
영민	(생각에 잠겨) 벌써 추억이구먼….
상우	추억 또 만들면 되죠. 현이 형이 다 같이 여행 가고 싶어 했었는데. 우리 여행갈까요?
형들	(모두) 아 좋지~~.
영민	(친구들 쓱 보다가) …근데 돈 있냐?

모두 멍… 바람이 쌩~ 분다.

이준	춥다. 가자.
태호	(추워하면서) 서른이 돼서 그런가? 왜 이렇게 등골이 시려.
호랑	일이 없어서 그래. (씁쓸하게 사장들에게) 가자.

[cut to]

사장들, 입구에서 걸어 나간다.

그때, 호랑에게 전화가 온다. 민수다. 떨떠름하지만, 받는다

호랑   (전화 받으며) 예, 윤 대표님. (그러다 눈이 커진다) …네??? (하며 사장들을 본다.)

사장들   (궁금해서 호랑을 쳐다보는데) 뭔데?

호랑   저희 명의로 된… 예식장이 있다고요??

사장들 모두 어이가 없다. 호랑 역시 명해서 전화를 끊는데.
그러다가 다시 사장들을 보는 얼굴에 뭔가 미소가 한가득.
보는 사장들 역시 회심의 미소로 바뀐다.

호랑   (멤버들에게) 이번엔, 예식장 사장이다! 다수결?

사장들   콜!!!!

사장들 모두 환하게 웃는 얼굴에서.

10화 엔딩

우리 여섯 명의 사장들이 번개보다 빛날 수 있도록
「사장돌마트」 매상에 큰 도움을 주신
모든 배우님들, 스태프 여러분들께
너문어무 감사드립니다.

감사합니다.

이신영

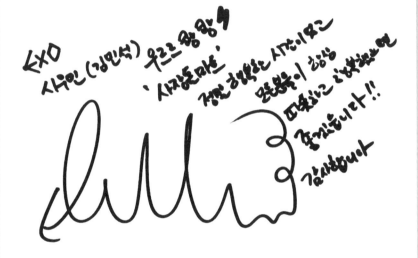

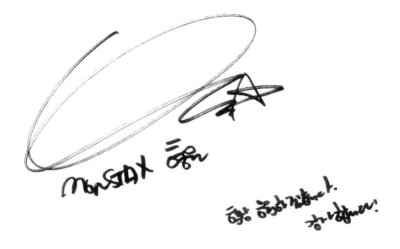

사장똥마트 영민 최원명

영민을 만나 행복했습니다

- 최원명 -

이세온
이 세 온.
2023.

사장돌 묜상우로 만나게 되어서

정말 행복했습니다. 사장돌마트를 시청해주시고

사랑해주신, 그리고 함께 작업해주신 모든분들께

진심으로 감사드립니다. Thank you, everyone ♡

너무나도 매력적인
예림이를 만나게해주셔서 감사합니다 ♡

장정원 대본집

사장돌마트 vol 2.

1판 1쇄 인쇄 2023년 10월 22일
1판 1쇄 발행 2023년 10월 30일

지은이   장정원
발행, 편집   투래빗
디자인   studio fttg

주소   서울시 도봉구 방학로 11길 30, 2층
팩스   0504-360-6780
이메일   2rbbook@gmail.com

저작권자   ⓒ 장정원, 2023

ISBN   978-11-984741-2-4 (04680)
        978-11-984741-0-0 (04680)(세트)